田加刚 著

四川科学技术出版社

图书在版编目（CIP）数据

《三体》秘密 / 田加刚 著 . -- 成都：四川科学技术出版社，2019.9

ISBN 978-7-5364-9571-5

Ⅰ . ①三… Ⅱ . ①田… Ⅲ . ①科学幻想小说—中国—当代 Ⅳ . ① I247.5

中国版本图书馆 CIP 数据核字（2019）第 183278 号

《三体》秘密

出 品 人　钱丹凝
著　　者　田加刚
责任编辑　刘依依　宋齐拉兹
特邀编辑　汪　旭
封面绘画　朱　晴
封面设计　施　洋
版面设计　施　洋
责任出版　欧晓春
封面插画　© 三体宇宙
出版发行　四川科学技术出版社
　　　　　四川省成都市槐树街 2 号 出版大厦　邮政编码：610031
成品尺寸　160mm×228mm
印　　张　14.5
字　　数　188 千
插　　页　2
印　　刷　四川华龙印务有限公司
版　　次　2019 年 10 月成都第一版
印　　次　2019 年 10 月成都第一次印刷
定　　价　38.00 元
ISBN 978-7-5364-9571-5

自　序

　　小宇宙中只剩下漂流瓶和生态球。漂流瓶隐没于黑暗里,在一千米见方的宇宙中,只有生态球里的小太阳发出一点光芒。在这个小小的生命世界中,几只清澈的水球在零重力环境中静静地飘浮着,有一条小鱼从一只水球中蹦出,跃入另一只水球,轻盈地穿游于绿藻之间。在一小块陆地上的草丛中,有一滴露珠从一片草叶上脱离,旋转着飘起,向太空中折射出一缕晶莹的阳光。

　　这段诗意的文字,正是"三体"三部曲的最终大结局。

　　这算是结局吗?很多读者一定和我一样,揉了揉生涩的眼睛,把书左右翻了好几遍,才确认这本书的确读完了,没有了。

　　然而,萦绕在读者心中的问题却有很多,最典型的一个——大宇宙会因为程心留下的五公斤透明球毁灭吗?

　　我也曾和许多读者一样,在读完《三体》之后,到处寻找和《三体》相关的一切文章、书籍来读,可惜当时能看到的寥寥无几,挖掘《三体》核心

I

剧情的文章更少。于是有一天，我开始尝试自己分析并解答《三体》中人物的命运和种种可能性，文章在网上发布后，引起了极为热烈的讨论，几乎每抛出一个新观点，都会引来数以百计的赞成或反对声。正是包括我在内的广大读者的这些热烈讨论，让《三体》变成一个潜藏了无数悬疑故事的新经典，而不再是一部普通的科幻小说。

　　《三体》是一部十分宏大的小说，塑造的世界极为辽阔，里面有超过十万个细节。只要认真推想很多细节，往往会打开一扇通往新世界的大门。比如说，1978 年的三体元首和 2208 年的三体元首是否是同一人？很多读者直观的感觉可能是全书只有一名三体元首，从头到尾都是他一人在发号施令。事实上，书中写得很清楚，三体人的寿命是有限的，除非他脱水冬眠。但作为元首，显然不可能去冬眠，冬眠意味着离任。所以可以得出结论：三体元首一直在更替，几百年来可能已经更换了十几任元首。那么，元首更替的制度是什么呢？世袭、选举还是武力夺权？结合《三体》前后的内容，我们发现也可以找到合理的答案。进一步思考：既然元首发生了多次更迭，他们的施政理念是否也发生了变化，是否影响了三体对地球的政策？一步步地分析，我们甚至可以架构出一个新的故事大纲。

　　世界本身是复杂的，我们所观察到的每一个表象，背后都潜藏着深刻的意蕴，只是大多数人都不去深思。以你看到的一杯水为例，在这个事实背后，掩藏着无数个必要的条件：合适的温度和大气压才能出现液态水，有人类文明才会出现杯子这个物品，而杯子的工艺表明了当前人类文明达到的高度，杯子的材质意味着一个采矿加工工业链条……如果一直列举下去，恐怕可以列举千万个以上的条件。这些条件共同构成了一幅文明图景，才使一杯水最终呈现在你的眼前。

　　1379 号监听员面见元首时说："元首，这也让我有缘见到了您，如果不是这个举动，我这样的小人物也只能在电视上景仰您。"这句话里出现了一个我们熟悉的元素:"电视"。这当然是由于我们的想象受时代限制而产生的小说中的事物。这也是写科幻小说中最难的一部分,你很难去设想一个外星球或者未来世界里出现的具体事物。"电视"在我们的世界里司空见惯。但是放在三体世界,仅此一物,我们就可以产生许多联想。首先,电视是电力驱动,表明三体世界也是将"电力"作为主要能源使用;电作为普通能源出现在每个家里,意味着存在庞大的电力工业;有电就会有电器,有电学理论,就可能出现大量跟地球文明相似的东西,比如电灯、电话、电磁炉等;"电视"是视频音频传输工具,它表明三体人的接收信息方式与人类相似,也是视听,而不是有人猜测的脑部互联,这就表明三体人存在眼睛,还可能存在耳朵;1379 号只能通过"电视"去景仰元首,而没有更加方便的网络传输,这表明三体世界在网络科技方面似乎并不发达。你看,这只是大刘(本书均以"大刘"称呼《三体》作者刘慈欣)一句不经意的话,我们就可以分析出这么多内容来。

《三体》是一部经典著作,但也有很多人认为《三体》存在大量 BUG(或者说漏洞)。问题是,什么是 BUG 呢?我认为,科幻小说是想象可能性的小说,只要存在某种合理可能性,就不应被视为 BUG。而从这个意义上讲,《三体》不存在 BUG,因为我们都可以从小说中找到能自圆其说的情节来支持我们的推理。

事实上,本书的基础论题正是:"三体"系列小说描述的所有内容,在这个虚拟的世界里都是事实,且全部自洽,并在这个基础上打开脑洞,探讨各种可能性。比如,按照《三体》中的记载:杨冬出生于 1979 年,同时杨冬也出生于 1980 年。我不会认为这是 BUG,恰恰相反,可以以此为切入点分析《三体》文本,从而得出更加有趣的被表象掩盖的结论。

在本书的分析过程中,第一个原则是:作者直接叙述的,就确认为基本事实;小说人物讲述的,或者转述的,都可能因有意隐瞒或信息来源不充分而失实,一律存疑待考。第二个原则是:分析得出的新结论,可以在《三体》这部书里找到科学或者事实依据,能进行印证,且不与书中现有的内容相冲突和矛盾。第三个原则是:分析得出的内容能够构成一个全新的剧情,而不是对原有故事的复述。以上三原则缺一不可。

也就是说,本书的三十多个章节,实际上也可以看作是三十多篇跟《三体》相关的短篇小说或故事大纲。

《三体》的叙事主线可以称为"英雄叙事线",是围绕关键人物开展叙事的,这有点像司马迁《史记》的叙事方式。《〈三体〉秘密》则挖掘出另外几种可能的叙事主线。一是按照三体社会的发展史进行叙事,从 19 世纪末直到三体世界被毁灭,这几百年来,三体文明的社会发展、政治更迭、人文运动的兴起、对地球文明的外交和战争等,同样是一幅波澜壮阔的画卷。二是按照 ETO 的发展进行叙事,ETO 始终笼罩着神秘的面纱:破壁人为何能够调集巨大的社会政治资源为其所用? 伊文斯生前做了什么布局? ETO 组织是如何一代代更迭的? 在进入威慑纪元后 ETO 真的消亡了吗? 以此为主线,必定也是一系列十分精彩的故事。三是按照人类政府大事记的方式进行叙事,也就是按历史课本、教科书的方式叙事,在这种叙事中,我们熟知的罗辑、章北海等英雄人物,将只是推动历史发展的一环,而不是全部。四是按照行星防御理事会战略情报局(PIA)几百年来的工作来叙事,维德、未来史学派、艾 AA 等将成为故事的主角,他们演绎的诡秘传奇足以构成一部宏伟的谍战悬疑片。

我曾做过十几年的职业记者,写过上千篇新闻和评论文章,观察小说中的事件时,也运用了大量的社会学分析方法,所以本书也可以称为"《三体》中的社会学"。

本书的雏形是上百条零散的《三体》分析帖,最初的阵地是百度贴吧的"三体吧",在与其他网友的不断讨论中,内容也得到了持续的修正。需要说明的是，"三体吧"的吧主厉风也写过相当多的《三体》解析文章，很多内容我深以为然，有些章节也有所借鉴，在此对厉风特别致谢。

在本书的修改过程中，作者看到了两部优秀的网络科幻小说，一部是彩虹之门的《地球纪元》三部曲，一部是妙文的《地球毁灭计划》系列。本书部分章节的分析借鉴了两部小说中的相关描述，妙文还对本书提出了很好的修改意见。在此一并致谢！

本书的修改时间历时较长，科幻世界杂志社的拉兹、汪旭、陈曜等编辑老师提出了相当多的修改意见，才使本书的观点、证据显得更加坚实，必须致以谢意。

最后，我希望读者诸君在看这本书的过程中能够脑洞大开，涌现出更多的想法和灵感，甚至自己动手写一篇分析文章或科幻小说，本书也算是抛砖引玉了。

田加刚

2019 年 4 月于广州

目录

少女叶文雪之死

阅读提示：叶文雪实际上不是死于正面敌人的枪口，而是背后中枪，死于暗杀。

苏子云："天下有大勇者，卒然临之而不惊，无故加之而不怒。此其所挟持者甚大，而其志甚远也。"清华大学教授叶哲泰对突然来临的致命批判，不惊不怒，坦然赴死，心中必有所恃。那么，究竟是什么原因让他甘心就死呢？

《三体》最初版本的开篇，是年仅十五岁的美丽少女叶文雪之死①。叶文雪虽然死得惨烈，却很少有人去深究背后的因由。

事实上，大刘②拿叶文雪作为开篇，是因为叶文雪之死正是叶家不幸的一个重要节点，也与叶文洁以后的遭遇有着千丝万缕的关系。

① 此处指《三体》第一部连载时的情节顺序，在本书正式出版时，此情节后移为第7章"疯狂年代"。

② 科幻迷对《三体》作者刘慈欣的昵称。

在书中,一开始并没有写明十五岁少女的姓名,而是在后文以叶文洁回忆的形式,指明少女就是叶文雪:

> 她(叶文洁)置身于其中的冰块渐渐变得透明了,眼前出现了一座大楼,楼上有一个女孩儿在挥动着一面大旗,她的纤小与那面旗的阔大形成鲜明对比,那是文洁的妹妹叶文雪。自从与自己的反动学术权威家庭决裂后,叶文洁再也没有听到过她的消息,直到不久前才知道妹妹已于两年前惨死于武斗。

1967 年发生的这场"武斗"在历史上有原型,即 1968 年的"清华大学百日大武斗",两派名称为"四一四"(即叶文雪所在的"四·二八")与"井冈山"(即"红色联合")。此场武斗历时三个月,死伤数百人,由于发生在首都,并且发生在清华大学这个高等学府,一时震动全国。在近代历史研究中,此场武斗迄今仍是一团迷雾,因何而起、何以如此惨烈,一直让人困惑。

值得注意的是,"四·二八""红色联合"是清华大学的两个由本校学生建立的造反派组织,换言之,两派的组成成员,都是在校大学生,而不是初中生或者高中生。如果把这场"武斗"当作《三体》中的原型,考虑到叶文雪隶属"四·二八",并且是骨干成员,这表明她十五岁时就已经就读于中国最顶尖的理工科学府。

叶文雪就读清华大学,有人认为是中国废除高考,她因组织推荐而上大学,与智商无关。但据史料,1966 年至 1969 年期间,全国高等学校停止招生;1970 年,部分高校才以"群众推荐、领导批准和学校复审"的方式,从有实践经验的工农兵及下乡知青中招生。叶文雪 1967 年已经就读于清华大学,可见她上大学的时间最迟是 1967 年,也就是十四五岁时就已通过了严苛的高考。倒推上学时间,会发现她的中小学必然是连续跳级。

叶文雪是一位天才少女,智商远非常人可及。可叶文雪做的两件事,却跟她的高智商非常不匹配,一件是积极主动、写大量检举材料举报父亲;另一件就是在枪林弹雨中挥舞旗帜被当成靶子打。这不是用"信仰"就能解释的,很可能另有原因。

按照书中所写,叶文雪被楼下一把步枪射出的子弹洞穿身体,然后她向前扑倒,随着旗帜落到楼下。这里有两处细节值得注意:

(1)子弹穿透了人体("步枪子弹洞穿了胸腔"),表明具有极高的动能;

(2)叶文雪中枪的同时,楼顶出现子弹的声音("她身后的空中发出一声啾鸣")。也就是说,即便在当时非常混乱的状况下,旁观者也能明显观察到这两个事实。

我们先看在当时的情境下,子弹有无可能贯穿人体。击中叶文雪的是步枪子弹,小说交代是来源于部队。步枪可能是53式或者56式,但不可能是63式,因为63式步枪1969年才开始生产,最早也是1970年才有部队开始装备。53式或56式步枪都是近距离突击步枪,侵彻力强大,以其中较强的56式步枪来说,有效射程400米,枪口初速在735米/秒,如果在100米内射击,是有可能贯穿人体的。但是,这种步枪子弹重点在于旋转进入形成巨大杀伤力,穿透性并不好。

此外,结合上下文分析,开枪距离应该在500米左右。一是"红色联合"枪支众多却在几天的攻击里没有击中一个目标,其他人"多次玩过这个游戏……每次都能全身而退",可见距离较远;二是"红色联合"顾忌楼内存放的大量炸药,必然会保持安全距离。"四·二八"盘踞该楼作为总部,并且能坚守两天,料其不是低楼。几个因素综合分析,持一把56式步枪远距离仰射能否洞穿人体,就是个很大的问题了。

就算步枪子弹确实贯穿而过,其动能也将完全衰减,而书中描述"那颗

3

子弹穿过后基本上没有减速,在她身后的空中发出一声啾鸣"。我们知道,在子弹出膛的瞬间,弹药爆炸产生的气体迅速膨胀引起震动从而出现"枪声",但子弹进入空气后,其飞行声音是子弹和空气摩擦产生的。这种声音细若游丝,在枪炮声隆隆的战场环境中,是不可能被听到的;而当子弹远距离击中目标并穿透目标、再次飞入空中,动能急剧衰减,能否产生空气摩擦声音都成问题。

那么,叶文雪背后的"啾鸣"枪声,更加合理的解释是,它本就出自叶文雪身后。

这样解释,就会跟叶文雪之死的观察者看到的、听到的情形保持一致:

(1)叶文雪中枪。

(2)枪声来自叶文雪身后。

(3)叶文雪中枪后不是因强大的撞击倒向后方,而是向前方扑倒。

如果叶文雪的遗体留在楼顶,旁观者事后很容易观察到是前胸还是后背中枪,但是落下楼的遗体再次成为靶标,线索被彻底破坏。

那么,谁会蓄意杀害叶文雪呢?

我们知道,在与"红色联合"的对峙中,"四·二八"是没有枪的,有人能秘密开枪,枪声又不显著,最大可能是手枪安了消声器,这表明凶手的身份极可能是一名特工,他在执行杀人灭口的命令。

叶文雪是一个相对单纯的女大学生,涉世未深,唯一卷入的争斗旋涡就是军代表程丽华策划的一宗阴谋。我们可以初步判断,叶文雪之死,程丽华具有最大雇凶嫌疑。

我们看下文,叶文洁因白沐霖向中央写信事件被关押后,军代表程丽华来找她在一份证明文件上签字,文件上已经有叶文雪的签名。

关于这份文件,《三体》中写道:

材料的内容她看不太懂,但隐约感觉到与一个重大国防工程有关。作为物理学家的女儿,叶文洁猜出了那就是从1964年开始震惊世界的中国"两弹工程"。在这个年代,要搞倒一个位置很高的人,就要在其分管的各个领域得到他的黑材料……

上述材料虽然没有指明陷害对象,但已表明他是一个"位置很高的人",程丽华及其幕后势力希望利用著名的清华大学教授叶哲泰来"黑"这位高层领导。具体计划可能是:叶哲泰讲授的相对论来源于资本主义国家的爱因斯坦等人,这些物理理论是"两弹工程"的理论基础,而叶哲泰之所以讲述西方理论,是受到该高层的指使。只要叶承认这些资产阶级理论是错误的,他本人并不信奉这些科学,他之所以讲授、研究,只是高层领导的授意,那么,就可以成功地嫁祸对方,实现打击的目的。

为了对付叶教授,程丽华等人决定采取"迂回战术",利用看起来比较单纯的叶文雪达到目标。他们要求叶文雪证明父亲研究的物理理论,来源于某些领导的讲话或者授意。叶文雪像叶文洁一样立刻就明白了敌人的居心,却又担心父亲安全,就故意写了一系列材料,举报父亲是"反动学术权威"。这些指责绕开了重点,只要叶哲泰低头认错就会不了了之,这样叶文雪看起来是屈从了程丽华等人,实际上完全回避了要害问题。

程丽华的目的没有达到,不肯善罢甘休,于是直接炮制了相关材料,强迫或者欺骗叶文雪在上面签字:

但这一份材料文洁一眼就看出不是妹妹写的,文雪揭发父亲的材料文笔激烈,读那一行行字就像听着一挂挂炸响的鞭炮,但这份材料写得很冷静、很老到,内容翔实精确,谁谁谁哪年哪月哪日在哪里见了谁谁谁又谈了什么,外行人看去像一本平淡的流水账,但其中暗藏的杀机,绝非叶文雪那套小孩子把戏所能相比的。

　　叶文雪当然知道这份文件的杀伤力，不得不告知了父亲。但叶哲泰已经知道对方的用意，于是宁死也不就范，坚称这些都是正确的理论，而且他也坚信其正确。叶哲泰为了撇清关系，将自己完全打造成顽固不化、坚持己见的反动学术权威的模样，死也不低头认错。但他这种态度，也为自己招来了杀身之祸。

　　程丽华为什么要暗杀叶文雪呢？因为她手上拿着叶文雪签字的文件，这些签字是她伪造或者强迫叶文雪签下的，叶文雪只要坚决不承认，或者另外写一份文件验证真伪，就使程丽华的文件完全失去用处。为此，只有叶文雪消失，才会死无对证。叶文雪大约也看穿了这个阴谋，所以加入武斗造反派，并成为其中的核心成员，她希望用武力反抗，在人群中保护自己免遭暗杀。但是"任何一处都有错综复杂的对立派别"，瞻前，却顾不了后。

　　程丽华掌握了很"有用"的书面材料，她还希望找一个活的证人，那就是叶文洁。叶文洁同样宁死不从，不肯签名，程丽华及其背后势力的栽赃计划最终落空。

　　程丽华等人陷害高层领导的阴谋未遂，却让高层领导注意到了为他们而死的叶文洁一家人，所以他们启动外星探测计划时，有意将叶文洁安排到了红岸基地之中。于是，本来在举报事件中已经犯了"死罪"的叶文洁，至此逃过一劫，来到了雷达峰。也正是因为有高层领导关照这种特殊的背景，让叶文洁屡次犯险都安然无恙。

白沐霖的阴谋

阅读提示：白沐霖精心设局，使叶文洁掉落陷阱，随后安排了伊文斯和叶文洁的相遇。

白沐霖，兵团《大生产报》记者，1969 年在内蒙古大兴安岭雷达峰下与叶文洁偶遇，借给叶原版的《寂静的春天》，该书对叶的一生产生了重大影响。随后因向中央写信事件，叶被白沐霖诬陷，遭师政治部审问。判决前夕，总工杨卫宁将叶调入红岸基地。

白沐霖原本是一个很难让人注意的小人物，但《三体》的叙述者却认为白沐霖是个关键性人物：

历史学家们一致认为，1969 年的这一事件是以后人类历史的一个转折点。

白沐霖无意之中成为一个标志性的关键历史人物，但他自己没有机会知道这点，历史学家们失望地记载了他平淡的余生。

白沐霖之所以是关键人物,首先是因为他启蒙了叶文洁,让她认识到人性之"恶",并且亲身践行了这种"恶"——为了保全自己,对一个无辜者实施陷害;更重要的是,他还使叶文洁彻底陷入孤苦无援、万劫难复的境地,除了上雷达峰外别无出路。

以上只是小说中的记述,但如果深入细节,我们会发现,白沐霖自始至终都在设一个局,而这个局的根本目的也正是针对叶文洁。他的真实动机,如果不进一步解读,将成为一个重要却被忽视的谜。

白沐霖与叶文洁的偶遇是这样的:叶文洁在大兴安岭抚摸着大规模砍伐后残留的树桩时,白沐霖做着同样的动作,并且与叶文洁近在咫尺。

叶文洁轻轻抚摸了一下那崭新的锯断面……她突然看到,在不远处树桩的锯断面上,也有一只在轻轻抚摸的手,那手传达出的心灵的颤抖,与她产生了共振。

这可以被视为偶然,但更合理的解释是白沐霖想借此吸引叶文洁的注意,然而叶文洁保持着矜持。为打破尴尬,白沐霖叫来另一个工友马钢,表达了一番他的环保理念,这实际上也是说给叶文洁听的。这番废话说完之后,他就把工友打发走了,转向叶文洁。

白沐霖的身份是记者,到连队的目的当然是采访,但叶文洁可能是采访对象吗?这种可能性接近于零:那个年代,能上报纸的都是英雄模范人物,而叶文洁不但职务普通,还有政治出身问题。实际上,白沐霖找叶也不是为了采访,而是聊天。

问题来了,如果只是聊天,怎么一来就知道叶、马两人的姓名?要知道,一个兵团连队通常有数百人。显然,白沐霖在"聊天"之前,甚至是在来连队之前,就锁定了接触目标:叶文洁。"采访"只是他掩饰真实目的的说辞。

白沐霖见叶第一面时,不但知道她的姓名、性格、喜好、同伴,还知道她能读英文("我刚看了一本书,感触很深……你能读英文吧?")。要知道,由于叶文洁保持着巨大的戒心,也保持着高度的沉默,即便跟她在一起劳动的工友,也不知道叶文洁何许人也。

随后,在叶文洁替白沐霖抄信一事中,白沐霖在那两天使用了油锯、手抖得厉害的情况下仍要抄信的行为也很可疑。("那我寄出去了。"说着拿出了一本新稿纸要誊抄,但手抖得厉害,一个字都写不出来。)白沐霖的身份是记者,不是知青,他根本没有参加劳动的必要,何况他还是个反对伐木的环保主义者,在没被强迫的情况下更不会主动参加这种义务活动。再者,白沐霖随时都可以再誊抄一遍,却不早不晚就等着叶文洁来的时候表示要寄信出去。最合理的解释,就是蓄意谋划。他倒水时"洒出"的动作,与其说是为了强调"手抖",不如说是掩饰内心的慌张:

"我替你抄吧。"叶文洁说,接过白沐霖递来的笔抄了起来。

"你字写得真好。"白沐霖看着稿纸上抄出的第一行字说,他给文洁倒了一杯水,手仍然抖得厉害,水洒出来不少,文洁忙把信纸移开些。

……

一个多小时后,信抄完了,又按白沐霖说的地址和收信人写好了信封,文洁起身告辞。

更为可疑的是写信的落款:革命群众。作为记者,白沐霖有很好的渠道向中央反映情况,一般问题可以发公开报道,敏感问题则可以发内参。他不走正规渠道,却私下写信,私下写信的目的很多是为了博取声名,可他却没有署名；既然不署名，就成了匿名信；匿名信说明他在写的时候就知道有风险；既然知道风险，为何又找叶文洁誊抄转嫁风险？

根据奥卡姆剃刀原理，当一件事情有很多种解释时，最简单、条件最少的解释往往就是真相。上面的各种疑点，最简单的解释就是：白沐霖蓄谋已久，目的就是使叶文洁陷入一个不可能走出的困境。

白沐霖为何要设这样的局？一个推理是：白沐霖是三体世界潜伏在地球上的早期间谍，其使命就是寻找合适的地球代理人，而他认为，叶文洁是最合适的人。

这种解释可以帮助我们解答很多疑问。

比如，伊文斯与叶文洁的相识。他们两人相识原本是一件几乎不可能的事，但如果有白沐霖暗中促成，就变得极有可能了。

叶文洁与伊文斯的早期相遇有三次：1982年因电磁选址偶遇，1985年因伊文斯邀请相会，1988年因伊文斯的再次邀请而共同组建地球三体组织。

第一次相遇的地点，是中国北方"电磁环境最优"的地方，而伊文斯在这里已经种树三年。倒推可知，伊文斯是1979年来到中国，落脚于此。对于叶文洁来说，1979年也是一个重要的时间节点，是叶文洁收到三体监听员回复的信息后，坚定地发回信息、让三体世界拯救地球的时间。伊文斯选择在这里种树，据他自己说，是因为十二岁时看见父亲的油轮污染海域，导致海鸟死亡，从而想做环保事业。但这实际上跟他在西北小村庄种树风马牛不相及，他做环保事业可以有无数种方式，做石油污水处理、做大气治理、建立动物保护基金，等等，可他却选择了一种最辛苦、最原始、效果最差、最不可理喻的方式：一个人在中国大西北种树。

但一旦考虑到这个地点"电磁环境最优"，那么就可以理解了：伊文斯1979年来到这里，实际上是为了接收三体世界的信息。

也就是说,在 1979 年,监听员个人发信息给了叶文洁,而三体政府则发信息给了伊文斯。伊文斯来到大西北,实际有两个目的,一是寻找叶文洁,二是联络三体世界。

但这种联络方式必定与叶文洁利用太阳增益反射的方式不同。

第二次相遇,是由于伊文斯给叶文洁寄明信片。这里有两个问题:一是,在第一次相遇时,叶文洁是和一群人一起去见伊文斯的,叶文洁并未与伊文斯单独交谈,伊文斯别说不知道叶文洁的地址、身份,甚至连姓名都不知道。那他又是如何准确地知道叶文洁的通信地址并寄出明信片的呢,而且还知道叶文洁一定会来?

如果是白沐霖暗中安排的,那就很容易理解了,因为他知道这样最容易唤起叶文洁的共鸣:

叶文洁默默地坐着,看着落日在小树林中投出的一道道光线,听着远处砍伐的喧闹,她的思绪回到了二十年前,回到了大兴安岭的森林中,在那里,她与另一个男人也有过类似的对话。

此时,伊文斯已经"继承"了父亲的四十五亿美元巨额资产,他说明之前所谓的"种树",根本意不在此:

"叶,你真的以为我是为了这片树林?"……"我现在要想制止他们,轻而易举。"……"……我想拯救的这种燕子,还有其他的燕子,迟早都会灭绝,只是时间问题。"

第二个问题是,他为什么要来这里呢?他并没有回答。叶文洁猜测是"佛教",实际上也被他否定了,"所以我来到了东方。但……现在看来哪里都一样"。在这样一番循循善诱下,叶文洁终于说出了自己的答案:三体世界。

这也正是伊文斯想让她说出的救世方案。

这番谈话后,伊文斯向叶文洁伸出手:

"我们是同志了。"

请注意,这里发出"我们是同志"的邀请的是伊文斯,而不是叶文洁。

伊文斯明显是有备而来的。

研究白沐霖的履历可以发现,他在 20 世纪 80 年代初"出国到加拿大,在渥太华一所华语学校任教师至 1991 年,患肺癌去世"。也就是说,白沐霖在 80 年代初便离开了中国,踪迹全无。我们完全有理由相信,在这段时间里,他正在为组建三体组织积极奔走着。

伊文斯应该是白沐霖全力扶植的第一个代理人。他与叶文洁第二次相遇后,声称"有力量去证实这一切",仅仅三年之后,他就安排人将叶文洁带到了第二红岸基地。时间之短不可思议。随后,他声称收到了来自三体世界的信息,并且知道"伟大的三体舰队已经启航,目标是太阳系,将在四百五十年后到达"。但从时间上来算,即便转身就发送并立即接收到三体回的信息,前后也需要八年时间。三年,时间太短,根本无从去证实。即便证实,也无法获知三体舰队的启航时间,因为三体舰队起码在第二次联系时才会告知已经起航。这样推算下来,知道三体舰队的启航时间最早也要等到 90 年代中期才对。

那么,伊文斯究竟是如何知道关于三体文明这么多信息的呢?从歌者文明最后观测到的地球"弹星"记录来看,在叶文洁两次"弹星"之后,只有罗辑进行过一次"弹星"并发送了目标恒星系坐标,其间并没有其他任何

"弹星"活动,伊文斯从没有过"弹星"的举动,他也没有其他方式联系到三体世界。他和三体世界的联系,只能归结为在地球上的联系,那就是与白沐霖的联系。如果说伊文斯只是被动接收信息的话,这种信息应该早已被美、苏、欧遍布全球的外星文明探测网接收到了,但事实是除了伊文斯,地球各国政府并没有收到任何来自外星球的信号。

伊文斯本来想以"物种共产主义"启发叶文洁,意指三体世界与人类世界一样,三体人与人类一样,是平等的物种,希望叶文洁与他携手,迎接三体人的降临。不料叶文洁经过白沐霖的启蒙,思想更加激进,直接把人类的希望寄托在三体世界的拯救上。所以从一开始,两人就走上了不同的思想道路,一个是拯救派,一个是降临派,后来分歧越来越大。

也许,伊文斯的巨大财富,根本上就是来自白沐霖利用三体世界先进科技给予的协助。白沐霖给了他一切,自然可以要求他的回报。

两个文明首次接触的时间

阅读提示：地球和三体世界第一次接触的时间，真的是三体世界接收到叶文洁发送信息的时刻吗？

公元纪年 1975 年，半人马座三体世界收到地球人叶文洁在 1971 年发出的信息，由此，三体世界始知地球的存在。

看起来，这是两个文明首次接触的时间，然而仔细研究细节就会发现，这只是两者"名义上"首次接触的时间，真正的接触必定远早于此。这就像两个公司某月某日搞"合作签字仪式"，这个仪式标志着两者正式合作，但真正的合作与接触必定早于这个时间，所谓"签字仪式"其实只是公布给大家看的，两者之前如何私下交往、如何结成某种真实的关系，这是商业秘密，不能公之于众，也不能让人知晓。历史记载只能记"阳谋"，阴谋如何能书写于史册？

如果三体文明曾与地球文明接触过，却又是一个高度机密，那么结果就是：除了元首和极少数人之外，普通三体公民根本就不知道曾经接触过地球文明。正是基于这个原因，我们看到，对于地球文明的发现，不知情者惊喜，而知情者如元首，对此了然于胸，表现得十分淡定。

先看三体元首在得知地球文明后的反应：

元首在五个三体时前就得到了收到外星文明信息的报告。两个三体时前，他又得到报告：1379号监听站向信息来源方向发出了警告信息。

前者没有使他狂喜，后者也没有令他沮丧，对那名发出警告信息的监听员，他也没有什么愤恨。

这是事实陈述，对此他的解释是：三体社会一直在避免喜悦及愤怒的情绪。然而，更加可信的解释是：这不过是元首早就知道的一个计划罢了。

五个三体时，也就是四个小时后，元首与监听员的谈话有如下内容：

对，消灭地球文明还有另外一个理由：他们也是好战的种族，很危险。当我们与其共存于一个世界时，他们在技术上将学得很快，这样下去，两个文明都过不好。我们已经确定的政策是：三体舰队占领太阳系和地球后，不会对地球文明进行太多干涉，地球人完全可以像以前那样生活，就像三体占领者不存在一样，只有一件事是被永远禁止的：生育。现在我要问：你想当地球的救世主，对自己的文明却没有一点责任感？

元首的这段话十分清晰，明显具有三层意味：

（1）在三体社会还没来得及仔细分析地球文明发来的是什么信息的时候，尤其是信息量还十分有限的时候，元首已经对太阳和地球文明了若指掌。这显然不是一时之功。

（2）三体世界连地球在哪里都还不知道的情况下，元首就确立了进攻太阳系、消灭人类的大政方针，并声称两者将共存于世。只有这个计划早就已经制订完成才说得通。

（3）元首找来监听员，对于如何发现地球文明、地球信息是否真实毫无兴趣，他只关心监听员为何会背叛。

随后，元首召见了三体舰队统帅。注意：召见时间发生在首次接收到叶文洁发来信息的五个三体时之后。

"首批舰队最后完成启航准备，还需要多长时间？"

"元首，舰队的建设还处在最后阶段，具备航行能力至少还需要六万时。"

这段对话表明，舰队的建造时间远远早于地球来信时间。地球来信，只是为舰队的启航提供了一个借口。

但是，地球来信并不能说明该航行具备可行性。如果地球距离三体世界数百光年，当舰队航行过去之时，地球的科技可能早已高出三体世界无数个数量级，别说过去消灭人类，能保命就算不错了。

"元首，在那样的接收频率上，即使方向的定位也不是太准确。要知道，舰队只能以百分之一光速航行，而且其动力储备只够进行一次减速，也不可能沿那个方向进行大范围搜索，如果目标距离不明，整个舰队最终的结局就是坠入宇宙深渊。"

但元首却十分笃定，成竹在胸。"没有别的选择，这个险必须冒。"此时，三体世界的信息还在宇宙空间中疾驰，四年后（1979 年）才能到达地球，而三体世界再次收到叶文洁的回信，并锁定地球的位置，已经是 1983 年。因此,三体世界的第一舰队在 1983 年启航才符合逻辑。可是,首批舰队在收到地球来信(1975 年)的六年后(1981 年)就已启程,目标直指太阳系,目的就是消灭人类。

接下来看看智子的建造时间。在收到叶文洁的回信后(1983 年),元首立即召开执政官会议。这次会议,名义上是因为收到了人类回信,确认了太阳系便是第一舰队的航行方向和目的地,更重要的议程则是公开宣布正在进行中的"智子工程"。我们知道,三体元首可以随意调动任何巨大的资源,不必向任何人做出解释,所有公民只能无条件执行,当然他也可以随意取消一项巨大的工程,将经费挪作他用而不受任何指责。

元首指指天空,执政官们向那个方向抬头仰望,看到太空中的一个圆环,在阳光中发出金属的光泽。

"那不是用于建造第二支太空舰队的船坞吗?"

"不是,那是一台正在建造的巨型粒子加速器。建造第二支太空舰队的计划取消了,其资源全部用于智子工程。"

"智子工程?!"

"是的,在场的人至少有一半不知道这个计划,我现在请科学执政官给大家介绍一下。"

可见,无论是建造第一舰队,还是飞向太阳系,或是决定建造智子锁死地球科技,都跟叶文洁无关。

叶文洁的作用,实际上只是充当了元首将所有计划公之于众的一个借口。

简单分析就可以知道,以半人马座与太阳系在宇宙空间仅仅四光年的咫尺之距,别说三体世界拥有恐怖的科技实力,即便地球这样的零级文明(文明分级理论有很多个,其中较典型的是卡尔达舍夫等级理论:I级文明是可以控制和利用整个行星系能源的文明,II级文明是可以利用整个恒星系能源的文明,III级文明则可以利用整个银河系能源),仅仅凭天文望远镜也能把对方看个一清二楚,并且清晰地知晓有几颗行星、行星大概有什么外部条件。三体文明具备开发和运用行星全部资源的能力,无疑属于I级文明。他们只要发展出天文学(根据其发展速率,估计在一千个地球年前),第一个分析和观察的目标必然是最近的邻居太阳系。他们在天文学发展的早期就会发现,四光年外的近邻太阳系非常稳定,行星运行富有规律,其第三颗卫星距离适中,极有可能发展出智慧文明。不光是地球,连金星、火星、土星和一些大行星的卫星都比三体行星的生存条件好很多。

结合之前讲到的地球三体组织(ETO)启蒙导师白沐霖的行为,以下故事将是大概率事件,也是隐藏在《三体》小说之中的重大秘密之一:

三体世界经过几百轮文明的毁灭与重生,终于在危机纪元的一千个地球年前(中国宋元时期)进入到太空时代(相当于21世纪中期的地球文明),并将目光瞄准运行稳定的太阳系。

恒星际航行是任何一个文明发展到一定阶段的必然诉求,但在万分之一光速时代,进行大规模恒星际航行只能是一个奢望。太阳系是三体世界最近的恒星系,三体世界对太阳系必然会有十分强烈的探索渴望,于是,为了实现后代移民太阳系的梦想,三体世界集全文明之力,打造了一艘百分之一光速的远航飞船,飞船之中仅仅带有一个三体人和一个智能机器人(PIA[①]局长托马斯·维德只能发送一个大脑、一个人和一个机器人,这是最低的配置),飞向太阳系进行探测。

[①] 行星防御理事会战略情报局,详见《三体Ⅲ·死神永生》。

　　任何文明对外星球的早期探索,必定是个别人先行(人类至今只能个别人登月),然后是小规模远航,最后才能实现大规模移民。在远航中,该文明还会研究出更多的时空规律。三体人的寿命只有七十万至八十万个三体时(约八十个地球年),所以他以脱水冬眠的方法度过了漫长的四百年时光,那期间还需要不断地苏醒以排除飞船和机器人的故障。预计在四百年里,他的寿命起码要减少十年(四十分之一的时间处于苏醒状态),也就是说,如果启航时他二十岁,那么达到地球时他是三十岁。

　　跨越四光年的漫长距离,三体宇航员终于到达了地球,但在路途中发生了各种意外(如宇宙射线、星际尘埃等,由于这是万分之一光速文明的第一次远航,发生各种"意外"是必然的,而不是偶然。正如现在地球人如果想送一个人到木星,"意外"便会层出不穷),使他的通信和远航系统均被破坏,他只能到达地球,却无法再获得足够的能源与三体世界取得联系。

　　宇航员知道自己的使命是将地球的情况发回三体世界,但是他到达地球后却发现,这里没有宇航技术(六百年前是中国明朝中叶,欧洲中世纪),也没有超距通信手段,这是一片通信技术的荒漠。于是,他在地球上花了一段时间做好准备后,便脱水冬眠了。冬眠前,他设定了机器人唤醒自己的条件:地球文明发展出宇航技术之时。当时,欧洲正处于黑暗的中世纪,美洲还处于蒙昧时代,地球上最繁华、最富裕、科技最先进的地方是明朝时期的中国。所以,宇航员的冬眠地也选在了中国。由于三体人本身就是一具皮囊,容易改造,于是他就把自己改造成了中国人的外表,并取了个中国名字:白沐霖。

　　时间进入到20世纪60年代,人造卫星上天,人类登陆月球,于是三体宇航员被唤醒了。在研究完地球的各种科技文献后,他发现了叶文洁关于利用太阳反射超距传递信息的论文。

　　尽管活了很久,但这名三体宇航员毕竟寿命有限。假设他是在明朝生活了十年后冬眠，就是四十岁，这样一来，他在有生之年发挥的最大余热，只能是完成联系上三体世界并发送信息的任务。那么，如何协助三体世界的远征呢？他只能依赖人类团队接力协助完成。于是他煞费苦心，先是促成叶文洁到达红岸基地，之后促成她与伊文斯的相识，直至ETO成立。

这时，已经活了一千多年的宇航员（实际年龄八十岁）寿终正寝。他的使命已经完成。

对于三体世界来说，一千多个地球年前的一个宇航员远征到太阳系，随后便失去联系。但他并没有被遗忘。在漫长的岁月中，三体世界建立了遍布全球的监测站，名义是监测太空信号，实际目的其实是等待宇航员的回信。

远征外星系是既定的战略，而该战略的实施需要若干条件，其中最重要的条件有两个：一是有适合生存的行星，这个条件通过四光年外的观测就可以判断；二是该星系要么不存在文明，要么有且其文明远远落后于三体文明。如果该星系文明超过三体文明，远征过去岂非送死？"幸而"通过长期观测研究，三体世界科学家认为：太阳系存在文明，而且该文明至今还没有发展到宇航时代，但他们无法证实这一点。

三体元首一直在等待，等待证实。当然，等待中的三体世界并没有闲着，每一届元首都一直在坚定地推行着远征计划。

终于，他们等到了地球人叶文洁发来的信息。本届三体元首知道，向全体民众公开远征计划的时机成熟了——他知道太阳系文明落后于三体文明一千年以上，对三体世界不会构成现实威胁。

诸君看到这里，大概会表示"过度解读""脑洞太大""大刘把腿拍断了"。但我们不妨进行一次反向推理：如果上述情节不成立，那就意味着在三体第一舰队的一千艘战舰出发之前，三体世界从未进行过恒星际探索（只要探索过其他恒星，首选必然是太阳系，因为距离最近），这与其能力绝不匹配,与星际探索的规律也绝不符合。

　　顺便插个细节,叶文洁发送到三体世界的带着"自解译"系统的信息,三体人立即就译解了。事实上,如果两个文明相距甚远,又根本没有参照物时,两个文明是没办法实现语言破译的。翻译的前提,是互相了解,只有在三体世界对于地球文明早已了解的情况下,才能真正译解叶文洁所发出的信息。

　　所以,三体元首看似盲目、孤注一掷的远征决策,实际上建立在精准情报、严格研究、早期探索的基础上。

魔法师之死的背后

阅读提示：三体第一个宇航探测员到地球后，阻止了其他文明对地球文明的染指。

公元 1453 年（中国明朝中期），女魔法师狄奥伦娜为了成为"圣女"，投靠拜占庭帝国君主，宣称凭她一人之力，就可以摘下奥斯曼帝国君主的头颅，结果她以失败告终，死在了东罗马士兵的手上。

这里有必要说明拜占庭与奥斯曼之战的历史意义。欧洲古罗马帝国侵入亚洲后，分裂为东西两个部分，其中以君士坦丁堡（即今伊斯坦布尔）为中心的东罗马帝国延续了近千年，也被历史学家称为"拜占庭帝国"，而亚洲国家土耳其奥斯曼帝国逐渐崛起，是伊斯兰教帝国。两者都是一神教，加之文化冲突等原因无法相容。这场战争也就成为欧亚两大帝国、两大宗教的超级大对决。

公元 1453 年，君士坦丁堡被土耳其奥斯曼帝国攻陷，东罗马帝国灭亡，这也标志着欧洲中世纪的结束。此后，土耳其人一举杀到欧洲中心维也纳。

所谓"失之东隅,收之桑榆",欧洲人在大陆上的大溃败,直接推动了其向着怒海远征,一个崭新的大航海时代由此开启,欧洲从大陆文明迅速蜕变为海洋文明,并成为未来几百年中最先进的文明。

大刘写这场战争,可谓意味深长。有人认为,这说明了圣女、圣母(程心)不可靠;有人认为,这是介绍高维碎块首次来到地球,为以后人类文明遭遇高维文明埋下伏笔;有人认为,这场战役中发挥最大作用的是攻城大炮,这说明了科技对比在战争之中作用十分重大;有人认为,这里的"摘脑计划"为云天明的出场进行了铺垫;还有人认为,这里埋下了一个隐喻,表明再庞大的帝国也有衰落之时,只有"死神永生"。

但以上种种说法总有点隔靴搔痒的感觉。

回到事件本身,我们还是得从具体细节中看看魔法师之死与三体世界之间有什么关系。

根据《三体Ⅲ·死神永生》的描写,女魔法师施法时有一个巨大的禁忌:

狄奥伦娜接过羊皮袋,"我也请大人记住我的话。"

"当然,这你放心。"

狄奥伦娜是指她的警告:不得跟踪她,更不能进入她去的地方,否则魔法将永远失效。

之前跟踪者看见魔法师去的地方,是一座只剩下半截的铁塔。这座铁塔是真实存在的,是一座清真寺的一部分,里面曾经死过几个人。

为何铁塔只剩下半截?书里这样写道:

旁边一名士兵也有话隐瞒,他知道,这塔曾经消失的上半部分并非是被炮火摧毁的,两个星期前的一个夜晚,并没任何炮击,早晨塔尖就不见了，当时他还注意到塔周围的地面上没有一点儿碎砖石。

满怀信心地前去刺杀的女魔法师迟迟未归，大臣法扎兰去寻找她时，竟发现铁塔变得完好无损：

法扎兰一行人策马来到布拉赫内区的那座塔前，一眼看到塔时，所有人都愣住了：在刚刚升起的月亮苍白的冷光下，塔完好无损，尖利的塔顶直指刚露出星星的夜空。带路的跟踪者发誓说上次来时塔确实少了一半，陪同大臣的还有在本区域作战的几名军官和士兵，他们也纷纷证实跟踪者的话。

魔法师究竟是怎么失败的，成为一个谜：

她圆睁双眼，好半天才使意识回到现实，然后又突然半闭双眼陷入回忆状，似乎还在留恋刚刚走出的梦境。

"你在这里做什么?!"法扎兰厉声地问。

"大人，我……我去不了那里！"

"哪里?"

狄奥伦娜仍半闭着双眼，执着地陶醉于自己的回忆，像一个孩子挣扎着不让大人把她从心爱的玩具旁拉开。"那里很大，很好，很舒服。这里……"她突然睁开双眼惊恐地环顾着周围，"这里像棺材一样窄，外面……也像棺材一样窄。我想去那里！"

魔法师死后，书中这样写道：

　　在塔的二层,被剑钉在墙上的女魔法师死了,她可能是人类历史上唯一真正的魔法师。而在这之前约十小时,短暂的魔法时代也结束了。魔法时代开始于公元 1453 年 5 月 3 日 16 时,那时高维碎块首次接触地球;结束于 1453 年 5 月 28 日 21 时,这时碎块完全离开地球;历时二十五天五小时。之后,这个世界又回到了正常的轨道上。

　　这段叙述最古怪的地方就是出现了一个非常具体的时间,不但记载了年月日,连时刻都写得一清二楚。5 月 28 日 21 时,也就是土耳其总攻的时刻,几个小时之后,东罗马帝国陷落。

　　时间如此巧合。也许是高维的文明眷顾了亚洲,也许是高维的文明不愿插手地球事务,总之,东罗马帝国没有获得神的眷顾。

　　查询真实历史记载,公元 1453 年 5 月 3 日,正是土耳其军队在君士坦丁堡取得重大突破的一天。这一天,他们攻占了金角湾,严重打乱了拜占庭帝国的军事部署。

　　那么,当天 16 时又发生了什么事呢? 根据“地中海史诗”三部曲《1453:君士坦丁堡之战》一书的记载,5 月 3 日下午,守军召开了重要会议,决定向欧洲的基督教大本营求援。向圣母求援的事件在历史中也是有真实原型的,东罗马帝国的守军们对圣母的超自然神力笃信不疑。5 月 25 日,守军抬着圣母的神像祈祷,然而圣母像却毫无缘由地突然掉在了地上,守军想尽办法也无法抬起神像,它紧紧地压在地上,人们毛骨悚然,视其为上帝抛弃他的子民的预兆。

　　对于女魔法师的失败和死亡,表面的解释是高维碎片不愿插手地球事务,所以随机而来,率性而去。魔法师偶然发现了碎片的神奇效力,也利用碎片展示了神迹。然而,在她准备再度利用高维碎片时,恰好碎片离开了,所以她的计划也就落空了。

但这个解释存在问题：高维碎片为什么恰好选中了这个普通的女人，而不允许其他人看见或进入？要知道，高维空间本来只是一个空间，对于所有人和事物应该毫无区分，它是不具有主观选择能力的。有选择，就表明有主观意志，有人在支配空间，它在开启和关闭这个空间，所以有人能进，有人不能进。此外，碎片到来的时间也很凑巧，恰好在一场决定历史的战役的末期。魔法师失败的原因是她发现"去不了那里"，表明她试图再次利用神力的时候，无法进入那个空间。除了离开，还有一种解释：四维碎片并未离开地球，但是有一种力量，在阻碍她利用碎片的力量。

综上所述，"碎片"很可能是一种外星文明，而不是简单的一个空间，我们姑且称之为"碎片文明"。"碎片文明"并不介意帮助魔法师，也许女魔法师本来就是他们准备扶植的一个地球代理人，这个代理人十分弱小、无助、孤独、卑下，也正是如此，才可以十分方便地控制和利用。

大刘在多部作品里都隐晦地提到，外星文明一直都在观察着地球。最典型的情节出现在被视为带有"三体"系列前传性质的《球状闪电》中。书里提到，球状闪电在人的观察下会迅速坍缩，而在一次确定没有任何地球人类观察的实验中，竟然也发生了坍缩，这或许表明有一种文明一直在观察着地球。

"碎片文明"在帮助魔法师时，遭遇了其他文明的强力阻碍。由于这文明不可能是地球文明，这就又暴露了第三种文明的存在。可见地球早就不是一片处女地，外星文明之所以没有早早地攻陷地球，只是因为存在着相互掣肘的多方力量。每个暴露自己并试图侵占地球的文明，都将可能遇到其他文明的阻击。这就好比，在明清时期，虽然日、俄对朝鲜都虎视眈眈，但是弱小的朝鲜却始终没有灭国，究其原因就是中、日、俄三方势力相互纠缠，使得谁也不能在朝鲜一家独大。

前面提到，如果三体世界在一千年前也就是公元 1000 年的时候，集全文明之力以百分之一光速将一个宇航员送到太阳系,那么,他到达地球的时间在公元 1400 年~1500 年。此时的中国处在明朝中期,而欧洲则处在中世纪时期。

如果时间不是这么巧合,三体世界宇航员是更早来到地球,那么,他必定设定了一系列让人工智能唤醒自己的条件,而其他外星文明染指地球事务可能就是唤醒条件之一。

而"碎片文明",极可能也是一小股孤身远航前来潜伏地球的外星文明势力,因其力量单薄,只能潜伏于地球,以积蓄力量。但这时三体宇航员也来了,两者形成了势力均衡。沿着这个思路继续推测,"碎片文明"的宇航员便会像白沐霖一样,要寻找自己文明的地球代理人,但这个目标不能过于明显,不能是位高权重的皇帝大臣,只能从卑微的小人物中去寻找。这些"代理人"如果只是盗窃钱财,或是杀死无关轻重的士兵,三体宇航员都会视若无睹,但是如果要刺杀交战双方的皇帝,从根本上影响地球事务,三体宇航员就会断然出手制止。由于"碎片文明"的力量不足以消灭三体宇航员,便只能放弃"圣女"。

因此,"圣女"之前可以进入四维空间,而在大战前夕,却无法再进入。

三体文明在地球 20 世纪 80 年代时期掌握了空间维度的秘密,甚至能够利用空间维度制造智子。这时,三体文明万事俱备,第一舰队启程。发送利用维度技术制造的智子到地球,除了监视地球、锁死地球科技的任务外,它还承担着向"碎片文明"示威、驱逐"碎片文明"出太阳系的任务。

但故事并未就此结束。高维"碎片文明"的濒死宇航员被驱逐出太阳系后,始终没有忘却地球人类。后来,他接近了褚岩的逃亡飞船,向他们展现了四维空间的秘密,最终帮助人类摧毁了"水滴"。

核弹少女的身世之谜

阅读提示：ETO 内部的谍斗战，不亚于军方对 ETO 的斗争。

"三体"系列充满了复杂的斗争情节，读者往往被两个文明的大对抗、不同维度文明的大毁灭、神级文明与虫子文明之间的大差异所震撼，很容易忽略三体世界内部的斗争、ETO 内部的斗争。

本章重点分析 ETO 的内斗大戏。我们要研究的第一个人物，是核弹少女。

核弹少女，年龄不详，身世不详，姓名不详，国籍不详。在 ETO 的最后一次聚会中，被史强击中核弹外层后引发的爆炸致死。但分析可见，核弹少女的身世，牵涉着叶文洁和伊文斯之间你来我往、凶险异常、波诡云谲的谍战大戏。

在核弹少女死亡之前，史强站在距女孩七八米远处，从衣袋中掏出一个信封，说：

"悠着点儿丫头,有件事儿你肯定想知道。"……"你母亲找到了。"

这时,"女孩儿神采飞扬的眼睛立刻黯淡了下来。"

正是趁此良机,大史突然暴起发难。

事后大史对汪淼说,他纯粹是瞎猜乱说的。这固然有可能,然而结合几个细节看,他是在敷衍汪淼,大史根本就不想让汪淼知道他掌握的情况。

在汪淼跟公安局一个叫徐冰冰的女孩坐同一辆车时,

徐冰冰……对汪淼说:"汪老师,你在《三体》中威望值很高。"

小姑娘到底还是不老练,最后这句话使汪淼明白她瞒着自己许多事情。

徐冰冰的话透露了三方面的内容:

(1)办案人也进入了《三体》游戏,并且把玩游戏的每个人的身份都摸清了。在大量玩家没有刻意隐藏 IP 的时候,警察要查到 IP 背后的真实用户轻而易举,不然,她何以知道"海人"的背后是汪淼?

(2)警察对 ETO 已经进行了深入调查,也就必然了解内部两派争斗的情况。

(3)大史说他什么都不知道,是在敷衍汪淼,实际上他早已经做了周密的安排。

再说当时大史掏出的那个信封。我们相信史强这种"大老粗"肯定没有写信的习惯,再说他写给谁呢?所以这个"信封"在执行任务时出现,目的也最可能是为了任务——信封和里面的信都是真实存在的。可以推断,大史的这封信,最可能就是关于核弹少女母亲的下落的。

推断的根据是：核弹少女是叶文洁身边最重要的护卫，大史调查叶文洁时，必定会关注到她身边这个狠辣的角色，更是免不了调查其身世和来历。对这个厉害的护卫，大史本可以一枪击毙，但他却在其身世上做文章，极可能是因为：她的身世涉及叶文洁、伊文斯两大首脑之间的矛盾和斗争，从其身世入手可以加深两派的矛盾。

在叶文洁与伊文斯之间的谍战中，代表性人物是潘寒和申玉菲。明面上，潘寒是跟随叶文洁一派的，他负责《三体》游戏的运行，并负责扩大组织和人员招募，而且他是东方人，又是科学家，最初显然也是由叶文洁发展到组织内的。但潘寒是个欲望强烈，希望攫取名声、财富和权力的人，伊文斯利用这一点，策反了他。为了断掉潘寒的后路，伊文斯需要他交一个"投名状"，那就是杀死申玉菲和魏成，以示与叶文洁一派彻底决裂。

申玉菲恰恰与潘寒相反，是叶文洁布在伊文斯阵营内部的棋子。叶文洁要发展武装力量，伊文斯也要吸纳精英阶层、科学家到自己的队伍。申玉菲就是伊文斯极力争取的一个重要人物。申玉菲加入了日本国籍，性格冷酷无情，这很容易使伊文斯产生信任。就这样，申玉菲收集了伊文斯的大量"罪证"。叶文洁说："对降临派的背叛，有大量的证据，申玉菲同志就是提供者之一，她曾位居降临派的核心，但她在内心深处，却是一名坚定的拯救派，你们也是后来才发现这点的。她知道得太多了，这次伊文斯派你去，是要杀两个人而不是一个。"可见，申玉菲打入敌人内部，还位居高层，但最终身份暴露，伊文斯决定痛下杀手，具体的执行人，正是原本叶文洁阵营的潘寒。

那个时候，还有一个叫拉菲尔的以色列人（也是叶文洁安插到降临派的人）现身说法：

"由于我对组织巨额的捐助,让我得以进入降临派的核心。现在我告诉你们,降临派有自己的秘密纲领。"

可见,叶文洁不但在敌人内部发展了自己的成员,他们还都位居高层。

我们知道,ETO 的武装力量是伊文斯发展起来的,原本都应该忠于伊文斯,但叶文洁以自身的人格魅力,笼络了一批武装人员。核弹少女年轻貌美,武力超群,但文化水平不高。她原本是伊文斯安插在叶文洁身边的人,同时也肩负着监视叶文洁的使命。伊文斯用什么来控制核弹少女呢?根据书中描述,最大的可能就是她的母亲。叶文洁明白这一点,于是同样在她的母亲身上做文章,向少女证明,她母亲是东方人,也是一名非常优秀的科学家,跟叶文洁一样。虽然伊文斯挟持了她母亲,但她可以帮助她们母女相聚。于是,核弹少女就一直跟在叶文洁身边,等待着母亲的消息。

大史知道这一点,可能是截获、也可能是伪造了一封核弹少女母亲的信。信的内容大概是她是忠于伊文斯的,是降临派,希望女儿忠于伊文斯,忠于自己的使命,完成监视甚至是暗杀叶文洁的任务。这封信如果公开,既是对核弹少女的致命打击,也是对叶文洁的致命打击,甚至引起两大派别的火并。那时,地球防卫军将坐收渔翁之利。

当然,后来政府军并没有费太大的力气就收拾了三体叛军,这封信也就没有什么意义了。但即便这样,这件事一旦公开了,很可能会暴露自己安插在敌人内部的间谍体系,所以,大史对汪淼自然是不愿意说实情了。

那么,核弹少女的母亲究竟是谁呢?

我们来综合分析一下她母亲(我们用字母"M"代替)所具有的特征:

首先,少女年龄在二十岁左右,那么,母亲 M 年龄应该在四十岁左右。

其次,母亲 M 的动向高度隐秘。叶文洁不知道,伊文斯虽然知道,但叶文洁发展的间谍却没有刺探到,说明她肩负ETO极为重大的使命,潜伏在地球防卫军的内部,仅对伊文斯汇报。

其三,叶文洁能让少女相信,她母亲极其出色,并且忠于叶这一派别,说明她母亲确实是科学家,并且是东方人。但M同时又居于伊文斯派别,表明M必定有让伊文斯深信不疑的因素,最大的可能就是,M是日本人,并且心狠手辣。

其四,M潜伏在地球防卫军内部,但是伊文斯却不知道"古筝行动",最大的可能就是,M自己也希望获得ETO的领导权,明知该计划却故意不通知伊文斯。伊、叶两人双双死亡后,她成为新一代的领导核心成员之一。

根据以上分析,只需要从新一代ETO七人领导核心中去排查就知道了。

新一代ETO全部都是"降临派",也就是原本属于伊文斯的人马,其中已知的女性仅有一个,就是"亚里士多德"山杉惠子。《三体》游戏是叶文洁派别开发的,玩家基本都属于叶这一派别,而"亚里士多德"却是十分资深的玩家,可见她的身份从一开始就具有两面性:既属于降临派,又属于拯救派。

我们发现,山杉惠子符合前述分析的全部特征。山杉惠子是日本人,世界脑科学权威,从希恩斯出场的年龄(科学家,一届欧盟主席,年龄必定大于五十岁)可以分析出山杉惠子的年龄在四十岁左右,她是潜伏在欧盟主席身边隐藏极深的高级间谍,对十几个国家共同参与的"古筝行动"不可能一无所知,但是却没有通知伊文斯(恨伊文斯劫持了她的女儿)。事后,在三体组织的权力争夺战中,她晋升为七人领导核心之一,并且当仁不让地成了希恩斯的"破壁人",最终完成破壁使命。

"酱油王"汪淼

阅读提示：汪淼是叶文洁内定的 ETO 下一代接班人，但遭到伊文斯的强烈反对。

在很多读者心目中，汪淼是一个"超级酱油王"，他身在江湖，江湖却没有他的传说。他的标签有卧底、网游爱好者、摄影师、科学院院士、红岸故事记录员、纳米材料总工、"古筝行动"技术指导等，可在每个领域，他都是配角。他的戏份虽多，却不过是一个"人肉单反机"罢了。在后面的两部，这个科学家则彻底消失在人们的视线中。

关于汪淼所经历的一切，有大量不符合"逻辑"的情节，对这些情节的分析，将导致我们看到一个完全不同的汪淼。下面仅列举三条：

第一，军方找汪淼的目的真是做"卧底"吗？

答案是否定的。

一则，没有给他明确的任务，只是让他加入"科学边界"，但实际上，一直到 ETO 覆灭,汪淼也没有加入"科学边界"。

二则,汪淼实际上也没有探测到任何有用的情报,连 ETO 的头儿是谁都不知道。他记下来的《三体》游戏网址,不但有大量的普通人在玩这个游戏,甚至连军方和警方都在玩。(书中描述军方作战中心"大厅周围是一圈胡乱安放的电脑设备,有的桌子上放不下就直接搁地板上,电线和网线纠缠着散在地上"。)汪淼去找申玉菲,也不是为了当卧底刺探情报,而是他碰到了无处不在的"数字倒计时"。

三则,存在"外星人"这个真相是常伟思将军一早就告诉了汪淼的,军方显然知道内情,连汪淼即将遭遇的"数字倒计时",他也隐晦地说了出来:

常伟思露出了高深莫测的笑容:"你很快就会知道一切的,所有人都会知道。汪教授,你的人生中有重大的变故吗?这变故突然完全改变了你的生活,对你来说,世界在一夜之间变得完全不同。"

第二,汪淼在《三体》游戏世界中,为何人人都认识他?

根据游戏开发的背景可知,《三体》游戏有着成千上万的玩家,汪淼进入游戏用的 ID 是"海人""哥白尼",都是匿名的。但是汪淼一进场,就有领袖人物注意到他,换了 ID 之后,游戏中的主要角色都还在注意他,并且主动与他攀谈。显然,他们都清楚汪淼的身份,并且盯死了他的每一句话、每一个行动。当汪淼破解出游戏的终极奥秘"三个太阳",面临"烧死他,用文火"的威胁时,主机突然调出一个乱纪元,救了他。

第三,叶文洁为何要刻意告诉汪淼关于红岸工程的一切,连在最后 ETO 的聚会面临政府打击刻不容缓之际,也要讲述一个长长的故事,以便让汪淼知道"红岸"的一切?

要知道汪淼对于叶文洁来说，非亲非故，又不是 ETO 的核心成员，她完全没有必要让汪淼知道那么多。可汪淼通过多人之口，就是知道了关于叶文洁、关于"红岸"的一切。

我们再研究一个疑问："倒计时"究竟是谁的杰作？在 28G 的三体信息里，说是三体世界通过智子制造神迹，从而吓死了人类虫子科学家。但结合其他内容看，正确说法应该是"三体世界通过智子的技术由 ETO 具体制造神迹"，也就是说，这是三体组织从三体世界习得的技术，而不是三体世界自己操作的技术。

如果神迹是 ETO 操控智子形成的，就与后面关于三体世界四年前（2003 年前）再没有与地球有过任何联系相悖。关于这个多说一句，危机纪元的开始时间是 2007 年，叶文洁被逮捕后，她指出"审判日号"保留着主四年前发给地球的信息，之后再无任何信息传来，因此伊文斯最后保留的资料十分珍贵，而军方对此也是清楚的。再者，如果智子一直在与 ETO 保持沟通，就不会有 ETO 成员认为"主抛弃我们了""主又回来了""我们要向主证明我们存在的价值"之类的丰富情节，而且如果有智子相助，ETO 也不会覆灭。这一切的情节，都是建立在三体社会和智子在 2003 年至 2007 年突然不再与地球联系的基础之上。

既然倒计时不是智子所为，那么只能是 ETO 自己的杰作。事实上，叶文洁在回答汪淼的提问时也曾明确说过，这一切都是 ETO 所为：

"其实，对于无比强大的主来说，我们做的一切都丝毫没有意义，我们只是做自己想做的事。"

我们再分析一个问题，发射到地球的智子能否杀人。从三体世界反复指令 ETO 杀掉罗辑的情节来看，智子自己杀不了人，只能借助地球人之手。

在《三体Ⅱ·黑暗森林》中,通过丁仪之口,也明确了智子无法杀人,"处于微观状态下的智子不可能杀人,也不可能进行其他攻击行动"。有人提出疑问,既然智子会玩"视网膜数字倒计时",那么,也可以在视网膜上显示出其他的画面,足以让人产生视觉障碍而死掉。比如,在高速公路上开车时,将弯曲道路显示为笔直的,或者将一个没有井盖的下水道显示为有盖的,或者让悬崖显示为一马平川,都能够轻易杀人。

汪淼看到的数字倒计时只是黑白色,可以根据背景色调整明暗度,但在三体世界试验智子的能力时,描述如下:

由于形状的不规则,它们散射到地面上的阳光均匀柔和了一些,但其本身表面的色彩却更加怪异和变幻莫测。

……那个球体呈褐色,正在像一个速度很慢的显示屏上的图像一样被扫描出来,那是一个大家都很熟悉的球体,上面清晰地呈现着熟悉的大陆形状。当球体的显示完成后,它已占据了三分之一的天空,其表面的细节可以看得更清楚了:褐色的陆地上布满了山脉的褶皱,一片片云层好像是紧贴着大陆的残雪……

可见,展开的智子可以显示色彩复杂的、栩栩如生的画面,而发射到地球的智子,也许由于缺乏配套设备,也许是由于经过了极致的精简——"只发送大脑"。总之,虽然有各种技术,但是却要借助ETO组织才能付诸实施。

"数字倒计时"远远超出人类的技术水平,不然汪淼作为科学家不会惊骇无比。那么可想而知,这种光学技术是ETO通过智子向三体社会提问而掌握的。要知道,科技知识很多时候就是一层纸,一捅就破,尤其对于长期钻研某个领域的科学家来说,只要稍一点拨,就会取得超乎想象的技术进步。

人类获得的或许不只是光学技术,可能还有生物技术、材料技术、航天技术等。在危机纪年初期,人类就实现了百分之一光速发射大脑出太阳系、冬眠技术、基因武器技术等,这不是偶然的,而是跟三体世界息息相关。

汪淼领导的纳米材料工程是一项超尖端科技,而申玉菲也是做同类研究的。("她曾在三菱电机的一家实验室从事纳米材料研究,我们是在今年年初的一次技术研讨会上认识的。通过她,又认识了几位物理专业的朋友,都是'科学边界'的成员,国内国外的都有。")他们认识并且做过很多交流,而且申玉菲还给汪淼介绍认识了很多其他科学家,可见双方在纳米技术上的交流不但广泛还很深入。这里很大的可能是,汪淼的纳米技术来源不是别处,而就是申玉菲,而申玉菲的纳米技术源自三体世界(这点可能汪淼自己也没有意识到,知识可以通过暗示传播)。

申玉菲本是中国人,后来入籍日本,并位居降临派(伊文斯派)的核心高层,她实际上是叶文洁安排至伊文斯身边的间谍。但申玉菲被潘寒杀了。潘寒掌握着的生物技术,也是来自三体世界的资料。潘寒又被叶文洁杀了,表面理由是为申玉菲报仇,实际理由她说了,"彻底解决降临派的问题"。

叶文洁认为,杀了潘寒和伊文斯就"彻底解决"了降临派。这表明,潘寒虽然出场不多,但实际上位高权重,在降临派中可能是仅次于伊文斯的"二号人物"。事实上,从潘寒在"科学边界"的影响力和号召力,以及他在现实世界的活动能力看,也可知他不是一个小角色。

叶文洁和伊文斯能顺利地成为地球三体运动的统帅,主要原因是只有他们能联系三体世界,"君权神授",具有合法性。但到了2007年,两人皆是垂垂老者,年岁已高,不得不考虑"接班人"的问题。两人政见迥异,到后期已经水火难容,自然无法推举出共同的唯一继承人。那么,谁才具有合法性呢,显然只有一类人:掌握了三体文明传授技术的人。

三体文明传授了知识，但是要变成现实的技术，只有一些智商极高、天资聪颖并且颇有机缘的人才能做到，不是每个人都能把 $E=mc^2$ 变成原子弹的。三体技术的继承人，潘寒是其一，汪淼是另一个，"倒计时"技术掌握者也是其一。因此，这三个人，都可以看作是合法的继承人选。

伊文斯要推出潘寒做 ETO 的新一任统帅，叶文洁一方自然不予认可。而他们则千挑万选，选中了汪淼。为什么是汪淼？一则，他是三体技术（纳米材料，并可用于航空）的掌握者，具有合法性；二则，他年富力强，社会地位高（科学院院士）；三则，他是统帅女儿杨冬的追随者和仰慕者，也颇得叶文洁欢心。潘寒要争权，这也就注定使叶文洁动了杀心。叶文洁并非杀人如麻之人，她要杀的人，皆是因为有不得不杀的理由。

《三体》游戏其实并非一个单纯的游戏，这款游戏一方面是培养成员对于三体世界的感情；另一方面，则是考察成员是否能够解开三体之谜。只有能够解谜的人，才能正式登堂入室，成为继承统帅大位的候选人之一。

所以，汪淼一进入游戏，马上被无数人盯着，因为他是未来"内定"的新统帅，谁能不在意。而在他破解出三体世界有三个太阳之谜后，立刻面临"烧死他"的指令。这指令来自降临派，但游戏是由叶文洁的"拯救派"开发的，因此立即调出一个乱纪元，救了汪淼。《三体》游戏被汪淼猜测认为每个人都有一个独立进程，是一款单机游戏，但从人物互联的情况看，这应该是一个网络游戏。至于"三星"是完全随机自动运行的，这种说法缺乏根据，我们知道任何计算机所谓的"随机"都是由某种算法产生的，不会像三体运动那样真正地随机。因此《三体》游戏的"乱纪元"是可以控制的，正如微信随机红包看起来是"随机"的，实际上也遵循了某种算法，工程师完全可以出于某种特殊需要，干预这种"随机"。

《三体》游戏不过是一款游戏而已，为何军方也下了很大功夫去玩这款游戏？在作战中心，全都是电脑，而且成员们都玩得疲惫不堪。原因是游戏越到后面越难,通关的人越少,它也正与ETO的层级相对应。通过第一关的可能有一百万人,而第二关只剩下十万人,通关既需要集体的力量,又需要卓越的智慧,非汪淼这种智力出类拔萃的人无法迅速通关。而不通关,就无法知道组织高层玩家的ID和IP,所以军方煞费苦心地打游戏通关。

为了培养汪淼,叶文洁耗费了大量心思。先是安排他接受了大量的"革命教育",然后又在《三体》游戏中让"周文王"带他上路,面见"纣王",又以"墨子"启发他,使汪淼在最短的时间里飞速通关。为了使汪淼相信三体世界的存在,又展示了"倒计时"这种"神迹",最终使汪淼信服。最后,叶文洁召集组织的骨干举行会议。这次会议在我们看来是没有主题的,唯一的主题,就是叶文洁"讲故事"。叶文洁这么做的目的,是准备宣布她最重要的决定:任命汪淼为第二任ETO的最高统帅。杀掉潘寒,也正是为保障汪淼登上"大位"后不受威胁。可是她还没来得及宣布,军方的人就已经冲了进来。

军方盯上汪淼,目的不是让他去当卧底,而是因为注意到ETO将推选他为新任的"统帅"。既要对这个完全不知情的学者进行保护,又不能告知他真相,所以便提出"当卧底"这样一个奇怪的要求。而在三体组织被摧毁后,又将三体世界发来的28G文件部分给他看,让他彻底认识到这是三体世界在捣鬼,从而解除"心魔"。

汪淼之后便被军方保护起来,所以《三体Ⅱ·黑暗森林》《三体Ⅲ·死神永生》中再也没有他的戏份。而ETO表面上陷入群龙无首的状态,成为实际领导人的是"秦始皇"。但汪淼所制造的超强度纳米材料,成为后来地球人大规模进入太空的物质基础。

从以上的分析中可以看出,我们需要对叶文洁重新进行解读。

读者眼中的叶文洁是一个女魔头,然而,她的愿望是借助三体文明改造地球文明,使人类世界更美好。当她发现伊文斯的目标是消灭人类后,便想方设法除去以伊文斯为代表的"降临派"。

叶文洁建立了ETO,客观上讲,ETO获取了大量关于三体世界的情报,从而为人类赢得了时间,赢得了未来。仅仅从客观结果来说,叶文洁对人类具有重大贡献。叶文洁还专门对罗辑讲授"宇宙社会学",从而帮助人类建立与三体世界的威慑关系。

叶文洁原本就是希望同时拯救两个文明,而不是拯救三体,毁灭人类。纵观"三体"系列,现在我们已知的关于叶文洁的行动方案是由一系列步骤组成:

第一,网罗人类顶尖的科学家,求解三体运动难题,其目的可能在于不给三体远征以理由。

第二,联系三体世界的"叛徒"(监听员),争取推翻三体元首的专政统治(下文将具体讲到),以求两个世界和平相处。

第三,争取ETO的最高领导权,争取三体世界的信任,以获得尽可能多的三体世界的技术和信息。

第四,将致命的"黑暗森林原理"告知罗辑,一旦自己失败,就由罗辑担负牵制三体的使命。

综上所述,叶文洁为了地球和三体的两个世界奋斗着,戴着镣铐和枷锁跳舞,不求尘世的理解,而早已成为伟大而孤独的面壁者。叶文洁的内心,清纯如花季少女,她希望能迎来一个光明而美好的新未来。这也正是《三体》初版的封面画着仍是花季少女的叶文洁的原因。

史晓明的使命

阅读提示：萨伊口中的 ETO 卧底，正是史强的儿子史晓明，在《三体》游戏中，他的 ID 是"秦始皇"，他成了 ETO 覆灭后的实际首领。

在考场有摄像头监控的情况下，考试能作弊吗？对于看多了谍战剧的人们来说，这太小菜一碟了，信息可以缩微写在手掌上、藏在笔筒内、放在胸衣里，总有摄像头无法观察的细节。那么，在视频全方位监控的情况下，两个人可以传递加密信息吗？这也不难。牌场的千术高手们，可以通过动作和细微的表情传递信息，根本不需要语言。

智子有三大功能：通信、监控、干扰粒子加速器。其中监控地球的功能，为破壁者破解面壁计划提供了大量的信息。对于智子来说，前述的作弊行为都可以轻松破解。智子可以发现你在手掌上写字的过程，也可以知道你事先约定某种表情意义的过程，这两种过程知道了，自然能够轻松破解作弊。

智子可以观察一个人的所有行为，但是却无法明了该行为的意义所在,如果潜入 ETO 做间谍,而不想被智子发现,则需要同时满足很多条件。首先,他以前不能是警察或者军人,否则他的身份很容易被发现。其次,他不能正式地接受上级布置的卧底任务,因为他接受任务的过程,会被智子监控和发现。最后,他不能采用任何电子、电磁的方式传递信息,因为这种信息无论采用什么方式加密,密码本对于智子来说都是透明的。

由于上述限制因素,导致行星防御理事会(PDC,前身为联合国安全理事会)的卧底只能来自民间,而且传递信息只能通过见面的方式。瞒着智子监控传递情报的经典案例是云天明向人类传递大量的情报,全程都在三体世界的监视之下,可是三体社会却始终没发现他传递过情报。

联合国最终选定罗辑做面壁者的原因,是因为他是三体世界唯一要杀的人。联合国秘书长萨伊说,该信息是 ETO 的"卧底"提供的确切信息。这名卧底不"卧"在别处,就"卧"在罗辑的身边,也就是中国北京。考虑到最靠近罗辑的是史强,可以推论,这名卧底最大的可能就是史强的儿子史晓明。

我们通过剧情来继续验证。

史晓明出场,是在搞末日逃亡计划的时候。在劝说张援朝购买逃亡基金时,史晓明说了一番对于未来的判断:

(1)人民生活将每况愈下。

(2)地球将战火连天。

(3)未来飞船像一座小城市。

(4)飞船乘客是在冬眠中度过大部分时间的。

(5)末日战役地球必败。

他得出的结论是:大逃亡是必然的,但必定只能一部分人逃亡。他的判断无疑是精准的,完全符合后来的发展。我们认为,这种判断实际上来自他的父亲史强。史强告诉史晓明大量关于三体组织的信息,其真实目的,是为了让史晓明在加入 ETO 当卧底后胸中有数。

逃亡计划被宣布为非法后,史晓明被判刑入狱,这时法院自然会判决没收全部非法所得。但是史晓明出狱的第一件事,居然是"还钱"。

"您不是让我把骗人家的钱都还上吗? 我出去后就开始还了,因此认识了延子,当时他刚大学毕业……"

他在监狱里十九年主要干的事情,莫非就是挣钱? 要知道他骗的钱可不是一个小数目,十九年徒刑(也就是无期徒刑),数额必定是以千万计算的。

第二个问题,就是史晓明的冬眠。要知道,冬眠需要大笔资金,史晓明就是个小混混,他老爹可没给他什么钱,他从哪儿来那么多的钱去冬眠? 况且,经历过"大低谷"时代后,社会秩序紊乱,冬眠室这种需要消耗大量能源、需要人力维护的设备,在乱世很容易遭到破坏。从《三体Ⅲ·死神永生》的记载看,即便有钱,也未必能保证安全冬眠到未来。能进入未来的人,不但需要有巨额的财富,还需要政府施加的特别保护。

在当年的群星计划中,共有十五个人购买了十七颗恒星,除程心外,其他十四人都湮没在茫茫历史中,也找不到有合法继承权的后人,大低谷像一只筛子,滤掉了太多的东西。

能购买恒星的人,不但是社会精英,而且拥有巨额财富,可是十五个人只有程心一个人因为被特别保护才活了下来。普通的冬眠者如史晓明,如果不是给予特别的安全保护,早已成为一粒尘土被风吹散。这进一步表明史晓明的身份特殊。

史晓明的出场时间,跟 ETO 中"秦始皇"攫取组织大权的时间是相同的。下面来研究 ETO 第二代实际领导人"秦始皇"。

"秦始皇"的表现像是一个不学无术的混混,但是在伊文斯、叶文洁先后死亡之后,他马上充当了 ETO 的实际首领,当一群科学精英还在争论怎么组织、谁当领导时,他直接就抓住了重点——怎么对付面壁人:"领导权的争议先放一放,我们该做些更紧急的事了。"

随后,他自己直接挑选了三个破壁人进行任命:秦始皇把长剑伸出,以册封骑士的方式搭在冯·诺伊曼的肩上,"你,破壁人一号,弗雷德里克·泰勒的破壁人。"

"秦始皇"干净利落地指定而不是选举了破壁人,用实际行动一举将自己推上了 ETO 的一把手交椅。而实际上,从智子亲自寻找"墨子"并交代任务的细节可知,破壁人本来是智子亲自选定的,跟"秦始皇"的任命无关。

对付最关键的破壁人罗辑,智子有着直接的指令,那就是杀掉他。刺杀罗辑后来是个麻烦的事,因为他身边总是有一个无所不能、无所不知、有胆有识的大史。显然,如果先干掉史强再对罗辑下手,会使问题简单一大半。而史强每天东奔西走,暴露在明处,对他下手的难度也比刺杀罗辑低许多。

但是史强从未遇到过直接针对他的危险,这可以解释为"秦始皇"实在太没脑子了,他这个三体代理人的大老板,当得并不称职。此外,虽然"秦始皇"针对罗辑进行了一次又一次的暗杀行动,但是每次都出现十分巧合的状况导致行动失败,每次都是差了那么一点点。"秦始皇"的最后出场,是在章北海谋杀三个航天专家后。

章北海在谋杀中表现出来的冷静、机智、坚定,令 ETO 的所有人都打了个冷战,章北海还要去未来,而且最关键的是,智子将其谋杀细节完全地传递了过来("智子这一次传回的信息很完整,否则我们真不敢相信他真那么做了"），智子缺乏分析其动机的能力，需要借助人类智慧来决策。对ETO来说，如果揭露章北海刺杀专家的目的是引导人类发展辐射飞船，会导致舆论强烈谴责其不择手段，那么人类就无法走上正确的方向，将始终在工质飞船的错误方向上耗费时间。无论是揭露谋杀，还是除掉章北海，都是符合ETO利益的。

但是三体公司地球分公司CEO"秦始皇"是怎么做的呢？

（他）用长剑敲敲地面说："不过就此事而言，不干预是对的，就让他们把发展方向确定在辐射驱动飞船上吧。在智子锁死物理学的情况下，这几乎是一个不可逾越的技术高峰，它也是一个无底深渊，人类将把所有的时间和资源扔进去，最后却一事无成。"

其他几人却还有其他看法：

"我认为最重要的是这个人（罗辑），这人太危险了。"冯·诺伊曼说。

"确实如此！"亚里士多德连连点头，"以前我认为他是个纯正的军人，可这件事，哪像一个一直按严格的纪律和规则行事的军人所为？"

"这人确实危险，他信念坚定，眼光远大又冷酷无情，行事冷静决断，平时严谨认真，但在需要时，可以随时越出常轨，采取异乎寻常的行动。"孔子说着长叹一声……

"收拾掉他并不难，我们去告发他的谋杀行为就行了。"牛顿说。

但是，"没那么容易！"秦始皇冲着牛顿一甩长袖说，"这都是你们的错，这几年你们一直借着智子信息的名义在太空军和联合国中挑拨离间，搞到现在怎么样？被你们告发倒成了一种荣誉，甚至成了忠诚的象征！"

因为"秦始皇"的昏庸领导、顽固不化,罗辑、大史、章北海这些将在末日战役中致使三体舰队功亏一篑的关键人物,一个个全都安然无恙。

所以更加合理的解释是,"秦始皇"根本就是一个卧底,正是他的存在,保障了上述关键人物的生命安全。

"秦始皇"就是史晓明的可能性大于95%。这个答案可以解释上述一系列矛盾。史晓明从事诈骗并入狱,也是精心策划的结果。这样,人们看到的史晓明,除了有个粗粗咧咧的警察老爹外,他就是个社会败类、人渣。

史强可以见到史晓明,更多是通过妻子间接接触。两人唯一一次见面,是沉默的。

史强只是默默地坐在他身边;他们父子点上烟,默默地抽了好一会儿。

至于动作,则都跟烟有关:

他(史强)说着,拿出一包烟,抽出两支,把其中的一支递给儿子,史晓明犹豫了一下才接了过来。他们父子点上烟,默默地抽了好一会儿,史强才说:"我有任务,最近又要出国了。"

面对入狱的现实,史晓明含泪把烟头在床沿上反复碾着,像在掐灭自己的后半生。

最后走的时候,史强把一个塑料袋放在床上,里面装着两条云烟,"还需要什么东西你妈会送来的。"

　　这个场景从智子的角度看,观察不到任何信息,两人之间几乎没说什么话,沉默了半天,然后是递烟、磨烟、送烟。然而看过谍战剧的人都会知道,这和地下党员的接头场景类似。他们的交流更多的是无声的语言,甚至是眼神对话,智子就算会时间穿越恐怕也理解不了。当联合国在制订宏大的、举世皆知的"面壁计划"时,大史和他的儿子,制订了更加精细的、真正的"面壁计划"。

　　史强不去看史晓明实际是为了"避嫌"。因为史晓明具有双重身份,对于监狱一方来说,史晓明的老爹是行星防御理事会的官员,自然不会为难他。而对于ETO来说,这人曾经依靠诈骗来的大笔钱财,供养了组织的活动,现在落入狱中,岂能置之不理。所以,史晓明虽然身在狱中,但是电脑随便用,电话随便打,甚至还能不时溜出去一趟两趟。他作为"秦始皇",手下有着庞大的ETO,在监狱里弄点小钱花花,自然也是不在话下。

　　所以,我们看到,在护送罗辑到联合国的路上,甚至发生了空袭,可见刺杀队伍力量强大、财力雄厚,然而他们却没一次成功。ETO在第一次刺杀罗辑时,就有个女孩挺身而出,以生命抵挡了致命的一击;(她背那个LV包的方式很特别,以前也多次见她转身时把那小包悠起来,但这次,那包直冲他的脸而来,他想后退小步躲避,绊上了紧贴着小腿后面的一个消防栓,仰面摔倒。这一摔救了他的命。)在联合国广场遇刺时,罗辑早已穿上了大史为他准备的防弹衣。凡此等等,都是因为"秦始皇"也就是史晓明,及时地通过暗语向大史传递了信息。

　　在大低谷时代,史晓明("秦始皇")自然有足够的财力去冬眠,而对ETO来说,冬眠的理由是十分充分的:他要跟随面壁人罗辑到未来。实际上,他早于罗辑醒来,罗辑醒来后脆弱却又缺乏保护,在他最无助、最不为人注意的时刻,史晓明来到了罗辑和史强的身边,此时ETO已冰消瓦解,最大的威胁已经解除,但他还是坚强地承担了护卫的任务,保证罗辑始终安然无虞。而罗辑遭遇基因武器攻击时,由于该攻击指令不再出于 ETO,而是一些社会危险分子所为,(此时 ETO 组织已经覆灭:"ETO?"乔纳森大笑起来,"地球三体组织早在一个世纪前就已被完全剿灭,现代世界已经没有他们存在的社会基础,当然有这种思想倾向的人还是存在的,但已经不可能形成组织了,您在外部世界是绝对安全的。")"秦始皇"自然不知道,所以,几乎一击致命,这才是罗辑唯一的一次生死大劫。

一号破壁人——"墨子"

阅读提示：ETO的第一代统帅是叶文洁，第二代过渡性首领是"秦始皇"，最终第二代统帅则是第一个成功破壁的人——"墨子"。

面壁者泰勒的计划，表面上是组建一支用"宏原子"即球形闪电武装的部队，来作为防御三体世界的重要力量，但一号破壁人揭露，泰勒的真实目的是：用宏原子部队消灭地球的太空舰队，使舰队形成"量子幽灵"，用这些不死的幽灵战士与三体人作战。这个疯狂的计划公布后，泰勒的战略就失败了，而他则成为第一个被破壁的面壁者。

说到这里插一句，如果笔者是面壁者，制订的战略计划一定不会如此简单，而将是一种"三可"性质的方案，也就是说，一个计划，分成若干个方向，任何一个方向均是真实的目的，虚中有实，实中有虚，只有在战略被执行之时，才是谜底公布之时。打个比方，我准备去深圳，有广深、沿江、珠三角三条高速可走，在电脑上我查询广深的路线，在手机上我导航的是珠三角，而向深圳朋友问路，问的则是莞深高速，三条路均可行。你即使探测得非常清晰,也不知道我将走哪条路,而我实际上将要走哪条路则是随机决定的。

我们下面研究一个问题:"破壁人一号"是谁? 到底是冯·诺伊曼,还是"墨子"?

秦始皇把长剑伸出,以册封骑士的方式搭在冯·诺伊曼的肩上,"你,破壁人一号,弗雷德里克·泰勒的破壁人。"

冯·诺伊曼单腿跪下,把左手放到右肩上行礼,"是,接受使命。"

秦始皇把长剑搭在墨子的肩上,"你,破壁人二号,曼努尔·雷迪亚兹的破壁人。"

墨子没有跪下,站得更直了,高傲地点点头,"我将是第一个破壁的。"

长剑又搭在亚里士多德的肩上,"你,破壁人三号,比尔·希恩斯的破壁人。"

亚里士多德也没跪下,抖抖长袍,若有所思地说:"是,他的破壁人也只能是我了。"

秦始皇把长剑扛回肩上,环视众人说:"好了,破壁人已经产生,与面壁者一样,你们都是精英中的精英,主与你们同在! 你们将借助冬眠,与面壁者一起开始漫长的末日之旅。"

"破壁人三号""亚里士多德"我们都清楚,她就是希恩斯的妻子山杉惠子。在《三体》游戏中,"亚里士多德"就是汪淼(ID:"哥白尼")的迫害者之一,一直是降临派的首脑人物。由于山杉惠子是世界脑科学权威,并且在脑科学研究上极可能获得了三体文明传授的知识,因此,她曾经也可能是"接班人"的竞争者之一。在对地球科学家的大屠杀中,她可能也是直接策划者和实施者之一。希恩斯被破壁后称自己"早该想到了",他"早就知道妻子是蒂莫西·利里思想[1]的信奉者",这句话表明,危机纪元时期大批科学家的自杀事件,当时的一个主流结论是致幻术所造成,而山杉惠子又是致幻术研究者,就自带嫌疑。

在涉及破壁人一号和二号的内容中,我们发现有一个很大的问题,那就是:一号和二号的身份混淆不清。

"破壁人二号"在书中有大量的戏份。在他最初出场时,已经心如死灰,奄奄一息,准备用枪结束自己的生命。他是一个卑微的小角色,位居社会底层,住在地下室,"房间像一个墓穴"。他喜欢抽香烟,他养的五条龙睛金鱼也因为香烟的尼古丁被毒死了。

可是,在后面作为"二号破壁人"出场时,他的形象是一个帅气的中年人:

他走进门后没有做自我介绍,房间里浓重的雪茄味和酒味让他微微皱了皱眉。

……

"我怎么觉得在哪儿见过你?"雷迪亚兹打量着来客说。

"不奇怪,雷迪亚兹先生,他们都说我像超人,老版电影中的那个。"

以上描写的是两个不同的人,不但相貌完全不同,而且个性爱好迥异,一个习惯烟味,一个厌恶烟味。

我们再看"破壁人一号"(第一个破壁者、泰勒的破壁人):

这人一看就是一个对任何人都不会有威胁的人。他在大热天穿着一

---

[1]美国心理学家,主张用LSD致幻剂控制人类思想,进而达到灵魂的拯救,在20世纪中期有大批心理学界和文化界的追随者。

身皱巴巴的西装,还系着一条同样皱巴巴的领带,更让人不可忍受的是还戴着一顶现在已很少见的礼帽,显然是想让自己的来访显得正式些,而在此之前他大概没去过什么正式的场合。他面黄肌瘦,像营养不良似的,眼镜在瘦小苍白的脸上显得大而沉重,他那细小的脖子看上去支撑起脑袋和礼帽的重量都困难,那套起皱的西装更像是空荡荡地挂在一个衣架上。

有人说这又是一个 BUG 了,是刘电工 [①] 写错了。第一个破壁的人,即泰勒的破壁人,应该是"破壁人二号",也就是"墨子",他自己在接受册封时就公开表示"我将是第一个破壁的",他的形象也始终是一个猥琐的小人物,如同幽灵,破泰勒的幽灵舰队;而第二个破壁人才应该是"破壁人一号"冯·诺伊曼,高大、帅气、阳光的中年人,正好破雷迪亚兹的恐日症。

大量隐含的故事,再次被宏大的叙事忽略了。下面我们将重点研究"二号破壁人"(泰勒的破壁人)。

我们先分析"破壁人二号""墨子"的国籍。我们认为他是日本人。

其一,他养的是龙睛金鱼,饲养这种金鱼是中国人和日本人的特有爱好,在西方鲜少有人养这种鱼。

其二,他书架上的《三个王国的故事》,表明他不在中国或不是中国人,因为这是一个译称,如果在中国,名称应该是《三国演义》。

其三,他的枕头下放着枪,这也表明他不是中国人,在中国普通人是无法持枪的。

其四,他所抽的烟 CAMEL 对他来说是十分普通的,如果在中国,这就是昂贵的进口香烟,不会达到普通常见的程度;而日本就是 CAMEL 的产地之一,完全可能随处可见。

躲过军方对 ETO 的打击本是一件幸事,但是"墨子"却要自杀。虽然

---

① 科幻迷对《三体》作者刘慈欣的戏称。

日本武士道有自杀的传统,但"墨子"自杀的原因却另有曲折,那就是:他曾经也是三体组织的领导者之一,ETO是他生命的全部,所以ETO被打击,他也痛不欲生。

ETO作为全球性组织,实际上至少有三个总部,分别在中国、日本、欧洲,中国叶文洁,欧洲伊文斯。"审判日号"最后一次在巴拿马运河航行,其实际目的可能是去美国建立新的总部,但是还没到就被消灭了。

ETO日本分部至少有三个领导人,分别是山杉惠子、申玉菲和"墨子"。但他们的职责又有区别:山杉惠子是在欧盟主席身边的卧底,在ETO里自然很少露面,不会处理日常事务;申玉菲是叶文洁派去的卧底,自然也不是实际领导者。由此,在日本的"墨子"可能实际上扮演了领导者的角色。所以,在ETO面临全球性打击时,"墨子"的处境是最艰难的。

"墨子"本是小人物,底层人民,但是他靠着聪颖才华,不但学会了三体文明传授的某些技术,而且在《三体》游戏中制造出了观测天文现象的庞大机器,成为ETO日本分部当之无愧的最高领导。三体"降临派"的特点也是底层人民居多,同时"杀手"众多,卧虎藏龙。"墨子"随身带枪,既是领导者,又是顶尖杀手,因此,智子才会在第一时间去找"墨子",而伊文斯也才会将刺杀罗辑的重要任务交给"墨子"。

智子找到的ETO成员,必定都是ETO的精英,并且经过了三体世界的千挑万选。ETO本来就精英荟萃,最终执行任务的人又将掌握组织庞大的资源,并且随时可以调用智子执行各种指令,其智谋胆略必然是常人不能及。

"秦始皇"虽然短期领导了ETO,但他对组织没有太大功劳,不会成为真正的第二代ETO统帅。也许三体世界已经对谁来做第二代统帅做出了明示:谁能成为第一个破壁者,谁就将成为ETO新一代的统帅。

前面提到,ETO在中国、欧洲、日本有三大基地,前两大基地已经被摧毁,两大主政人物叶文洁、伊文斯均已身亡,日本基地虽然不复存在,但作为基地首脑的"墨子"安然无恙。现在"墨子"获得了智子的帮助,并可以任意调用组织的庞大资源,他完全有可能随时掌控组织的大权。但他需要一个条件,那就是成为第一个破壁人。

"墨子"承接任务时是"破壁人二号",针对雷迪亚兹,但在实际执行中,他针对每一个面壁者都进行了全面的观察和研究,没有放过任何一个人,因为对"破壁第一"他志在必得。泰勒去了日本,这为"墨子"近距离观察、研究泰勒提供了便利条件,由于他深谙东方文化,很快便看穿了泰勒的计策,于是毫不犹豫地揭露了泰勒,从而成为第一个破壁人。

在破壁泰勒时,"墨子"仍然保持着他一贯的邋遢形象。但是完成任务后,"墨子"功成名就,终于成为 ETO 的第二代统帅。此时,重新衣装的他变得帅气、阳光,形象焕然一新。借助组织更多的便利条件,他便将目光转向了他之前的预定任务,担当雷迪亚兹的破壁人,并也在短时间内破壁,稳固了自己的统帅地位。此时,他连爱好都变了,以前爱好抽烟,但是看到雷迪亚兹烟酒深重的生活状态,他有的只是不屑。

也就是说,泰勒、雷迪亚兹的破壁人实际上是一个人,都是"墨子",而冯·诺伊曼并没有出场。一号、二号破壁人在实际执行中,合并为同一个人。

刺杀罗辑的真相

阅读提示：罗辑身边的女孩，每个都有一番来历。庄颜与罗辑的姻缘，是叶文洁促成。

罗辑是三体世界唯一要杀的人。为何要刺杀罗辑，很多人认为，是因为叶文洁告诉了他宇宙社会学的公理，他一旦顿悟，将可能对三体世界发动"黑暗森林"打击。然而，大刘在书中实际上写得很明白：刺杀罗辑与叶文洁无关，刺杀指令下达于叶文洁见罗辑之前。进一步来说，两者因果关系是反的：因为三体世界想消灭罗辑，所以叶文洁才选择将"黑暗森林"真相传授给他。

刺杀罗辑的命令，是智子在最后一次对话中发给伊文斯的；而最后一次对话，发生在伊文斯死前的四年（危机纪元前四年）。这在叶文洁被逮捕后再次证实。

叶文洁：因为半人马座三星方向已没有任何信息传来，在所有频段上都没有。我想你们已经证实了这个。

审问者：是的，这就是说，至少在四年前，三体世界已经停止了与地球的联系，这也就使得那批被降临派截留的信息更加重要。

在这里我们要注意到一点，叶文洁知道智子来到了地球，因此她说的再没有任何联系，自然包括ETO与智子的任何联系。

而叶、罗相遇是在杨冬死后，叶文洁去三体聚会之前，即危机纪元元年。很明显，刺杀罗辑的指令，远远早于叶文洁告诉罗辑宇宙社会学公理之前。

叶文洁和罗辑在杨冬墓前相遇的时间非常确定，在这一节之后，作者就开始为读者讲述伊文斯和智子的最后一次对话：

更早一些的时候，深夜，麦克·伊文斯站在"审判日号"的船首，星空下的太平洋像一块黑色的巨缎在下面滑过。

……

字幕：这是我们的第二十二次实时对话了，我们在交流上遇到一些困难。

此次对话的最后是：

伊文斯："我的主，您需要我们。"

字幕：我害怕你们。

对话中断了，这是伊文斯最后一次收到来自三体世界的信息。

这一段描述也证明：决定刺杀罗辑，发生在智子与伊文斯对话之后，叶文洁与罗辑对话之前。

　　有读者会认为,智子给伊文斯发出刺杀罗辑指令的时间,应该是在伊文斯死前不长的一段时间内(比如一个月前),伊文斯刚刚给破壁人二号发出执行命令,就在"审判日号"上被飞刃杀了,所以没有来得及跟踪执行结果。且不说这与之前的交代不吻合,与剧情也相悖。如果智子刚刚提出要杀死罗辑,那么,智子肯定关心这命令的执行情况,甚至给予协助,而不可能眼睁睁地看着伊文斯去赴死。伊文斯实际上没有得到任何消息,也证明智子与其已不再联系。要知道,军方的计划非常容易破——不穿行巴拿马运河就行了。

　　那么,在伊文斯接受刺杀罗辑命令之后的四年时间里,罗辑为何一直安然无恙呢? 要知道,地球三体组织曾经何等强大,杀死作为普通人而不是面壁者的罗辑,轻而易举。

　　事实上,通过分析我们很容易就能得出答案。罗辑没有死的原因有二:

　　(1)伊文斯在危机纪元之前的几年里,一直在有计划地除掉各种学者、专家、科学家,但是始终把自己隐藏得很好,其中屡试不爽的一个绝招就是:让科学家疯掉,自杀而死。在执行智子命令杀掉罗辑的任务时,伊文斯自然而然想到的方法也是让罗辑疯掉、自杀。伊文斯拟定的方案是:利用智子技术制造幻象,使罗辑自以为凭空创造了一个美丽少女并爱上她。罗辑一度以为自己精神出了问题,还去进行心理咨询,此后跟恋人分手,再后来形同废人。他原本的专业是天文学,此后却去搞社会学了,变得玩世不恭。伊文斯认为三体人除掉罗辑的原因无非是其天文专业的背景,见目的达到,自然就没有再专门在罗辑身上花心思。

　　(2)叶文洁与伊文斯之间的矛盾挽救了罗辑。罗辑在中国,是在叶文洁的地盘,当时是危机纪元前四年,叶、伊两人还没有撕破脸,两人的矛盾还没有显露出来,只是暗流涌动,伊文斯自然是委托叶文洁具体执行三体世界的命令。叶文洁发现罗辑竟然是三体世界直接要杀的人,如果成功,伊文斯在三体世界的"功劳"又要增加,这是她不愿看到的。而罗辑恰巧又是她女儿杨冬的同学,于是她就问女儿关于罗辑的情况,这才有杨冬"常提起"罗辑,说他"搞天文学""很聪明"。叶文洁与罗辑的相遇,当然不是偶然,而是叶文洁的刻意安排,此节下章将详述。之所以安排这次相遇,是叶文洁认为在跟伊文斯水火难容的斗争中自己处于不利地位,既然罗辑是三体世界唯一要杀的人,那么他就值得拉拢。叶文洁悟出了"黑暗森林"的理论,她认为这是对三体世界的有效制约,于是想跟罗辑交流,但罗辑当时哪能明白这个道理。

在给罗辑制造幻象的问题上,叶文洁留了一手。她不是完全虚构了一个女孩,而是在现实世界中找到了一个原型,那就是庄颜,根据她的一切信息虚拟了一个女孩出现在罗辑的幻想中。也就是说,伊文斯计划是用一个虚拟的女孩给罗辑造成精神障碍,但只要这个虚拟的女孩真的出现在罗辑面前,他的精神障碍就会消除——庄颜就是罗辑的解药。

大史在打击ETO之后,自然也获得了与罗辑相关的情报,所以罗辑一提出他心目中那个完美少女,大史就轻松地将这个完美少女给描摹了出来,并且马上就把她给找出来了。庄颜一出现,罗辑一扫颓废,迅速充满了活力。

罗辑在宣布成为面壁者之前,有连续换女朋友的经历。最后一个女朋友,相处一周,居然连姓名都不记得。世界上有这种女孩子吗——年轻漂亮而且有钱(LV包一个几万元),甘愿与一个陌生男人发生关系,然后说走就走。既不仰慕男方的钱财,也不认为男人有何气质,却可以轻易地发生性关系,并随时分手。也许真有,但是能连续被罗辑遇到,那肯定不是巧合。

最后一个女友,吃完饭后就跟罗辑分手:

　　她说着，很快转身，她肩上的那个小包飞了起来。

　　……

　　她背那个 LV 包的方式很特别，以前也多次见她转身时把那小包悠起来，但这次，那包直冲他的脸而来，他想后退一小步躲避，绊上了紧贴着小腿后面的一个消防栓，仰面摔倒。

　　这一摔救了他的命。

　　而女孩死了。

　　更大的可能是，这个女孩是联合国 PDC 安排在罗辑身边保护他的人，在罗辑遇险时，不惜以身相救。之前几个女孩一样是这样安排的，只有女孩才能二十四小时贴身保护而又不引起外界注意。所谓分手，实际上只是交接班。但是这种保护，为伦理道德所不容，所以只能暗中操作，不能公之于众，甚至在官方档案中都不会有记载。

　　我们可以从一个细节破解这个秘密，那就是罗辑在飞机上吃的安眠药。他在被带上飞机后，两次提到安眠药，一次是大史将药瓶放在罗辑的床头柜上，并让他"睡不着就吃点"；一次是罗辑翻身下床，拾起大史给他准备的仅有一粒安眠药的药瓶。常识是，乘客长途飞行是不能服安眠药的，飞机上自然也不会备药。罗辑是饭后突然遇刺，然后被保护起来，身上自然也没安眠药，药的来源只能是大史。这表明大史早已把罗辑的情况摸得一清二楚，知道他因 ETO 的陷害有轻微精神障碍，需要借助安眠药睡眠，因此提前做了准备。

　　读者很容易形成这样一个错误的因果关系认识：罗辑遭遇车祸——因为查明车祸是 ETO 干的，所以引起联合国重视——联合国安排大史护送罗辑到美国——罗辑当选为面壁者。产生这种错误的逻辑关联，是由于大刘是按照这种顺序写作的。

但事实上，选谁做面壁者，不是现场临时决定，而是多个国家经过多轮的谈判、协商才确定下来，是一个漫长的过程。确定之后，为保证面壁者的安全，秘而不宣，一直等安全护送到联合国时才正式宣布，随后对面壁者的守卫便提高到最高等级。

而罗辑遭遇车祸后，第一时间就被大史严密地保卫起来。这证明，在发生车祸之前的一段时间，罗辑就已经确定当选面壁者。而早在成为面壁者候选人之时，就要对其采取保护措施。这就是罗辑身边连续不断地出现连姓名也不知道的女孩的原因。即使他能够记住她们的名字，这些名字也很可能都是随口编的。而被选为面壁者的原因，则是 ETO 对罗辑的暗杀指令。第二次暗杀指令是智子找到"破壁人二号"（也就是"墨子"），让他安排人去执行的。

以上的逻辑关联环节全部打通之后，我们再按照时间顺序复述一遍罗辑的故事。这个故事有点长，可能与你之前的印象完全不同：

首先，危机纪元前四年，三体世界发现地球上有一个人将会对三体文明构成重大威胁，于是指令 ETO 定点清除，其命令下达给了伊文斯。此时伊文斯与叶文洁的矛盾还没有公开，两人的目标看起来还是一致的，伊文斯拟订计划后，安排在中国的叶文洁执行。由于这次命令是智子跟地球的最后一次联系，而伊文斯言之凿凿是三体世界直接下达的指令，之前三体世界又从未下达过类似指令，因此叶文洁派系对此疑窦丛生，于是执行时给计划加入了一个参数，那就是罗辑幻梦中的女孩是真实存在的。她就是在中央美术学院读书的女孩庄颜，与在清华大学的罗辑实际上近在咫尺。

接着，危机纪元元年，伊文斯、叶文洁也就是降临派、拯救派两大派系矛盾公开爆发。此后杨冬死亡，这使叶文洁和伊文斯彻底、公开决裂，也使她对三体文明的感情产生了动摇，意识到拯救三体和拯救人类是自相矛盾的，最终她想到了三体人要杀的罗辑。于是，在她精心安排的一次"偶遇"

中，她向罗辑讲述了宇宙文明公理，以及猜疑链和技术爆炸。现有证据无法得知叶文洁是否曾推导出"黑暗森林"理论，但叶文洁已经隐约感到，解决三体世界对太阳系的入侵，答案可能就隐藏在宇宙文明公理之中，只能借助其他更高级的文明，来解决三体文明的威胁。而将宇宙文明公理告知罗辑，正是为太阳系保留一丝希望。

叶被捕、伊死亡后，ETO支离破碎。然而，三体世界发现罗辑不但没死，反而活得十分滋润，不得不再次联系ETO，并明令刺杀罗辑。这时的ETO已十分脆弱，任何活动都瞒不过联合国军队的眼睛，暗杀计划还未出炉，PDC就已经知道得一清二楚。

联合国发现罗辑是三体世界唯一要刺杀的人，自然对他十分感兴趣，就安排了一批女间谍到了罗辑身边，收集关于罗辑的一切信息，包括他的DNA。每过一段时间，就换一班岗，却发现他也没什么异常。但在最后一个女孩完成任务交接的时候，ETO的计划几乎得逞，随后秘密护卫转为公开守护，大史接岗。

后面的剧情不再复述。

但现在问题又回到了原点：为什么三体世界如此惧怕罗辑？真相很难找出，笔者在这里给出一种可能的解释：

罗辑确实是外星更高等文明（比如前面提到的"碎片文明"）的地球代理人，并已获得了"碎片文明"暗中的帮助。证据有很多，比如：罗辑的寿命远远超出地球人类，在太阳系灭亡时，他已经活了200岁（是指未冬眠年龄，加上冬眠时间更久），如果不是主动赴难，也许活300岁都有可能。又如，罗辑作为执剑人，能在半个多世纪里不运动、不交际，长期困于斗室而精神不崩溃、身体不垮掉，这只能用"非人类"来解释。再者，智子明明可以在罗辑眼中制造幻象，干扰其判断，甚至破坏引力波发射系统，但是三体世界不敢这么做，不敢冒这个险，而是对罗辑唯命是从。也正是因为三体世界不愿意直接与高级文明对抗,所以才密令地球人杀罗辑,自己却不动手。

还有,罗辑在与三体世界最后对决时,他提出要求:"让水滴,或者说探测器,停止向太阳发射电波。"智子立即回应:已经按你说的做了。他又提出:"让正在向太阳系行进的九个水滴立刻改变航向,飞离太阳系。"这一次三体世界的回答稍微延迟了几秒钟:已经按你说的做了。这种决策过于离奇:决策时间过短,完全没有研究的时间;沟通时间过短,几乎不存在沟通;信息的往返时间几乎是实时对话,不存在任何距离问题,而当时第一舰队还在两光年之外。这一切只能证明,罗辑是三体世界的神,罗辑怎么说,三体世界怎么执行,不敢有丝毫违抗。

罗辑在"水滴"即将降临地球时,以为"水滴"一定会杀掉他,但杀掉他意味着与更高等文明结仇,所以"水滴"此时没敢轻举妄动,而是封锁了太阳。自以为必死的罗辑,开始回忆自己的人生,他蓦然发现:

成为面壁者之前的人生在记忆中也是一片空白,能从记忆之海中捞出来的都是一些碎片,而且越向前,碎片越稀少。他真的上过中学吗?真的上过小学吗?

终于,罗辑找到了自己最早的记忆:

他惊奇地发现,自己能记住的人生也是开始于一片沙滩上。……他在沙滩上挖坑,挖一个坑坑底就有水渗出,水中就有一个小月亮;他就那样不停地挖,挖了好多个坑,引来了好多个小月亮。

这真的是他最早的记忆,再往前一片空白了。

罗辑是从坑中来的。

恒星毁灭者

阅读提示：太阳系的近邻，有至少一个超级文明。

我们先为无辜被打击的 187J3X1 恒星系默哀三秒钟。

地球人类与 187J3X1 恒星系无冤无仇，仅仅为了进行试验，将其坐标发布于宇宙空间，该恒星系就遭到了毁灭性打击。

如果是歌者看见了罗辑发送的坐标，大概会认为这是一个缺乏诚意的坐标，可是森林里带枪的猎人实在太多，总有一个猎人想：管它呢，打一枪试试。

以下为叙述方便，我们称向 187J3X1 恒星"开枪"的毁灭者为 X 文明。

歌者文明清理星系的首选动作是光粒打击，毁灭三体星系的是光粒打击，X 文明清理 187J3X1 恒星也是光粒打击。以遍布宇宙的光粒作武器，而该武器对本文明又是"随意的、经济的"，可见该文明的强大。将光粒加速到近光速后其质量迅速增加，"击中目标时已经达到 187J3X1 恒星的八分之一"，其需要的能量估计等于人类目前所采集到的能量总和，因为人类目前所有的核弹加起来,连地球都摧毁不了,只能毁灭地球表面生物,更不要说达到毁灭太阳这种巨大天体的能量了。地球人类比起歌者,连虫子都算不上。因此,我们将"带枪的猎人"——X 文明列为超级文明,大概不会有多少异议。

那么,X 文明的势力范围应该有多大呢? 也就是多少光年的宇宙空间范围,是其势力所及的呢?

太阳系进入威慑纪元时,"技术的飞速发展,已经使 300 光年内的恒星不再只有象征意义",这时的人类绝对称不上"超级文明",但是已经有能力把 300 光年范围的恒星系探测得一清二楚,并且圈定了 300 光年为本文明的势力范围。云天明送给程心的 DX3906,与太阳系距离为 286 光年,后来"星环号"只花了 52 个小时穿越。如果程心愿意在飞船里待上一年,按照同样速率,其穿越的距离将达到几万光年,当然对于地球时间,已经是几万年之后了。

所以,如果将"300 光年"半径作为超级文明 X 文明的势力范围,应该是一个非常保守的估计。"势力范围"意味着,在 300 光年半径内的所有天体,该文明都了若指掌,可以根据需要,随时进行探测、勘察,进行能源采集;并且,不允许其他势力染指该领地,也不允许该势力范围内的文明坐大。一旦发现技术爆炸的萌芽,就会将其扼杀于摇篮。

我们接着分析,X 文明距离太阳系有多远。

根据记载,罗辑发送咒语的时间是危机纪元 8 年,他冬眠苏醒时间是危机纪元 205 年,而观测到 187J3X1 恒星被摧毁是苏醒之前的五十一年前,也就是危机纪元 154 年被摧毁。换言之,从发出坐标到恒星被摧毁,合计用了不到一百五十年的时间。

《三体 II·黑暗森林》描述说:

这颗恒星距太阳 50 光年左右,所以咒语起作用的时间最早为五十年后,我们则要在一百年后才能观测到作用的图像,但这是能估计到的最早时间,实际起作用的时间可能要推后很多。

"最早 50 年"的意思是,摧毁者与太阳系的距离为 0 光年,而且摧毁者与 187J3X1 恒星的距离也是 0 光年,因此可以立即接收到信息,立即执行摧毁。但这种可能性是不存在的。

如果摧毁者在太阳系之外 100 光年,这个文明就要一百年后才接收到"坐标"信息;如果摧毁者距离目标星系也是 100 光年,那么它发出的光粒,又需要一百年才能到达目标。等到人类观察到目标被摧毁,又过去了五十年,也就是合计二百五十年已经是非常保守的时间了。

人类发送坐标,到接收到摧毁信息的时间公式是:

总时间 = 接收坐标时间 + 发送光粒时间 + 信息传送回地球时间

需要说明的一点是,这里的"时间"是地球时间。并且,还要假设该文明接收信息到做出攻击决定的时间差为零。

然而,从罗辑发出坐标到 187J3X1 星系毁灭实际上只用了不到一百五十年时间。这意味着,X 文明,距离太阳系、距离 187J3X1 恒星,两者距离之和,只有 150 光年,平均则只有 75 光年。

75 光年,对于一个超级文明来说,周围一切都是其领地,都是其势力范围。

我们再来看三体世界的毁灭者。三体世界的坐标被公布出去是威慑后纪元元年,或者说是广播纪元前两年,即 2270 年;而三体世界被毁灭是广播纪元 2 年,即 2273 年,从发出坐标,到毁灭星系,一共三年的时间。根据前面提到的公式,坐标抵达毁灭者、毁灭者的光粒抵达三体世界,这都需要时间,距离多少光年,就需要多少年。现在是令人惊恐的三年,也就是说,三体世界的毁灭者,已经实实在在地抵达太阳系和三体星系,距离两者平均距离只有 1.5 光年。

顺便说一句,正常情况下,"黑暗森林"理论要起作用,其验证时间估计在一千年以上。因为 1000 光年范围内很可能没有任何超级文明,而低级文明是没有能力贸然对一个恒星系下手的。如果从清理威胁的角度来考虑,超级文明首先清理的对象恐怕是乱弹恒星的人类,而不是被公布的坐标,因为他们可以逆推弹星者,弹星发送其他星系坐标,恶意满满,应该是优先清理对象。

如果是 1000 光年之外的文明,接收到坐标已经是在一千年后,光粒飞往目标星系又是一千年,这就耗费两千年了。

现在,两个超级文明,都离太阳系和三体世界近得不可思议。而且,这两个文明甚至可能是同一个文明,它们一直在接近太阳系。让人不解的是,两个超级文明,对于三体星系和太阳系,为何既不干预发展,也不按"黑暗森林"法则予以毁灭?同时也不见有意拉拢其成为自己"小弟",完全是不闻不问,仿若无物。但是两个文明对于"公布坐标"这件事却十分敏感,收到罗辑发送的星系坐标,就摧毁该星系;收到褚岩发送的三体星系坐标,就摧毁三体世界,这又怎么解释?

笔者给出一种可能的解释是:两个文明的母星系在很遥远的地方,过来的只是他们的探测器,就像歌者一样。有读者曾考证过,从时间上推算,将太阳系二维化的实际上并非歌者,而是另有其人。歌者发出的二向箔(掩体纪元 67 年)还未到达太阳系的时候,太阳系已经开始二维化了(掩体纪元 66 年)。那么 X 文明,也很有可能就是消灭太阳系的真正元凶呢。

缺失的岁月

阅读提示：乱世出英雄，但在罗辑冬眠的两百年时间里，未产生一位名垂青史的英雄人物。寻根究底，是因为地球文明的舞台上尽是傀儡。

末日战役是太阳系文明与三体文明最激烈的一次交锋。地球人类2015艘恒星级战舰全部参战，其中5艘被章北海带走，1艘不知所踪，2艘在战役中幸存，其他总计2007艘战舰全部战毁。

此战三体方面仅仅出动了1枚"水滴"，太阳系方面全军出动，也导致全军覆没。此战最大的疑问就是军力部署上，人类将所有的恒星级战舰全部集结起来，去对阵一枚意图不明的"水滴"探测器。

舰队国际对于这种作战方式的原因，解释如下：

联合舰队的编队十分密集，这种队形密度只有进行检阅时才采用过。按照正常的巡航编队，战舰之间的间距应该在三百到五百千米，二十千米的舰距，几乎相当于海洋中的贴舷航行。三大舰队中都有很多将领对这种超密集的队形提出异议,但采用常规队形却遇到棘手的问题。首先就是参战机会的公平性原则,如果以常规队形接近探测器,即使逼近到最小的距离,编队边缘的战舰距目标仍有几万千米之遥,如果在对探测器的捕获行动中有战斗发生,那么相当多的战舰就不能算作是参战舰了,这将在历史上留下永远的遗憾。而三大舰队都不能拆散自己的编队,那么哪个舰队位于总编队中最有利的位置就无法协调,只能把编队压缩到超密集的检阅队形,使所有战舰都处于作战距离之内。采用检阅队形的另一个原因是:舰队国际和联合国都希望编队能够产生强烈的视觉震撼,这与其说是对三体世界的力量显示,不如说是做给人类公众看的,这种前所未有的视觉冲击,对两个国际都具有重大的政治意义。目前,敌人主力仍在遥远的两光年之外,舰队的密集编队当然不会有什么危险。

换言之,如此编队主要是为了阅兵展示,认为"水滴"只是一位"外星来使",不具有危险性,甚至没料到战争即将发生。

但上述解释难以说通。

如果只是为了迎接"来使",无论从哪个角度来说,派若干艘战舰就足够,没有任何必要将两千艘战舰全都派出。如果是为了"示威""吓退",也没任何必要派出百分之百的恒星级战舰,因为示威的对象只是一枚"水滴"。如果是为了"作战",更需要先进行试探,而后投入主力,并且主力之后还应留有预备舰队,如此将百分之百的主力聚集在前线、不对战力做任何保留,这种排兵布阵方式在战争史上可谓绝无仅有。

况且,人类科技此时仍然被智子锁死,基础科学没有取得任何进步,连数百年前从几光年之外发来的一个智子威胁都无法解除,人类应该明白自身与三体文明的科技差距有多大。两百年的对峙和敌对还没解除,无论保持多高的警惕和戒备都是必要的。

上述做法只有一个原因可以解释：舰队国际的高层领袖人物蓄意策划，故意将全部主力十分密集地集结于一点，然后让"水滴"一次性摧毁，从而实现一次性毁灭人类全部战力的目的。

换言之，三体世界已经成为人类世界的事实领袖，两千艘战舰即便此次不毁，下次也是全灭。

回到危机纪元罗辑冬眠的两百年时间，我们会发现一个问题：两百年的历史，竟然没有出现一位伟大的英雄领袖。无论是历史所载，还是众口传颂，都没有提到一位具有卓越贡献的人物。

罗辑冬眠的两百年，人类世界大致经历了三个阶段：失控阶段、大低谷、文明恢复阶段。

失控阶段全球流行"极左"思潮，这一阶段的大事就是全球性的军事集权，民生凋敝，由此导致大低谷（公元 2036 年 ~2088 年），持续时间不长，但世界人口由 83 亿锐降至 15 亿。

大低谷也是大动荡、大分裂、人类文明大争战的时期，也就是放大版的战国、三国、五代十国时期。这些大乱世，往往会出现一些文韬武略、纵横一时的英雄人物，而乱世最终也由他们来终结。

文明复兴和重建，同样会出现一批英雄领袖人物。这些英雄领袖的事迹会在人们的口耳相传中变得十分传奇。岁月静好无英雄用武之地，乱世则必出豪杰。

而在末日之战前后，无论是历史记载还是人们的闲谈野史中，都没有出现任何一位值得大书特书的伟大人物。这是怎么回事？

结合末日战役一次性葬送两千艘恒星级战舰的事实，我们认为这不是历史的遗漏，而是埋藏了一个重大的秘密：**两百年来，三体世界一直在担任人类文明的总导演，人类文明的舞台上尽是傀儡。**

很多人会有一个错觉，认为在漫长的危机纪元时代，ETO 被摧毁，三体世界锁死人类科技后便不再关心人类发展,任其自生自灭。

事实上,智子一直在监视着人类,三体世界也一直在监视着地球这颗脆弱的星球。

三体世界必定会干预地球文明的发展,既不能让地球科技迅速发展,又不会让人类把地球弄成一个不适宜居住之地,最好的结果是地球人类发展至太空,还开发了几颗行星、卫星。如果人类采取自毁的方式,把地球弄得全是核辐射污染,三体文明降临地球的第一件事,就是清理污染、恢复环境,这势必消耗大量的资源。

三体世界的"水滴"的战力虽然恐怖,但是在三体舰队漫长的旅途中,资源也在一直消耗,到达太阳系之时,剩余资源也许只有百分之十。毕竟这是三体世界的第一次远航,途中意外的资源消耗将层出不穷。如果三体世界与人类舰队展开追击战、游击战、持久战,恐怕人类世界反败为胜都有可能。

所以三体世界的计划应该是:先扶持地球文明发展,让地球人能够进入太空,甚至帮助三体文明先开发更多星球,同时又要控制英雄领袖人物。过于强大、独立的英雄人物,会在锋芒毕露之时就悄悄剪除。杀人的方式有很多种,如利用一款杀人软件攻击罗辑,就是方式之一。但英雄领袖人物就不同了,他们往往八面树敌,三体世界只要泄露一点机密信息给对手,就能实现剪除的目的了。这自然而然地导致了一个结果:在两百年的历史中,没有出现一名可歌可泣的英雄领袖。

在末日战役中,站在领袖位置上的人必然受到三体世界的绝对操控,所以才会刻意让两千艘恒星级战舰密集地排列在一起,接受全毁的命运。

危机纪元的起算时间

阅读提示：危机纪元元年的时间无法确定，是因为按照不同的参照系，标志性事件发生的时间节点不同。

危机纪元的"元年"无法确定，很多读者都认为是大刘前后不搭、互相不照应造成的时间混乱。

关于危机纪元元年，目前有三种认识：

（1）认为危机纪元元年为公元 2010 年 ~2019 年的其中一年。证据是《三体Ⅲ·死神永生》开篇列出了纪年对照表如下：危机纪元：公元 201×年 ~2208 年。有读者进一步分析，认为具体为 2014 年，依据是杨晋文提到这一年有欧洲杯、委内瑞拉总统换届等情节。

（2）认为危机纪元元年为公元 2007 年。《三体》记载 1969 年叶文洁认识白沐霖的往事，随后叙述"三十八年后"是叶文洁的最后时刻。根据小说可知，这一年里还发生了汪淼被邀请当卧底、杨冬等科学家自杀、三体组织覆灭等事件，而《三体Ⅲ·死神永生》在"危机纪元元年，生命选项"一节中,记载杨冬于危机纪年元元年自杀。由此可以考证,危机纪元元年当为 2007 年。网上有一份广为流传的"三体时间线",也是将 2007 年作为危机纪元元年。

(3)认为危机纪元元年为公元 2000 年。理由是《纪年对照表》列出:

危机纪元:公元 201× 年~2208 年;威慑纪元:公元 2208 年~2270 年。

可见危机末年与威慑元年为同一年。而危机纪元后第 208 年,也就是罗辑建立威慑的起始时间,两者交替时间可以进一步精确到当年的 11 月,按照《三体Ⅲ·死神永生》记载,威慑建立时,人类知道了宇宙的"黑暗森林"理论:

突然,在危机纪元 208 年 11 月初的两天时间里,地球向太空溢散的带有信息的电磁波全部消失,所有的波段都陷入一片沉默,地球就像一盏突然关掉的灯。

既然危机纪元 208 年 = 公元 2208 年,那么通过一个简单的减法就可以算出,危机纪元元年就是:

2208 年 — 208 年 =2000 年

以上三种说法都是基于"三体"系列作品而来,每一种都有确凿的依据。如果结合小说面世的时间看,大刘设定 2007 年和 201× 年的原因大概在于关照现实。小说在《科幻世界》连载的时间为 2006 年~2010 年,第三部小说《三体Ⅲ·死神永生》第一版出版时间为 2010 年。所以这些混乱的"危机纪元元年",都是为了让读者明白:**首先,故事发生在当下;其次,发生在明天。不远,也不近。你看到作品的时间,就是危机纪元元年。**

上述矛盾,在什么情况下才可以自洽呢?

首先应该注意到,大刘将危机纪元元年设定为含混的"201×年",而此后的每个年份都非常清晰,精确到年,比如1万年都可以作为误差不计的"DX3906星系黑域纪元"为公元2687年~公元18906416年。这表明,危机纪年的起算,在太阳系后来的人类看来始终存在争议,比如有人认为是2010年,有人认为是2016年,所以纪年起算只能取一个大致的时间段。

我们知道,纪年是一种计算时间的方式,它将具有标志性的大事作为起算的时间点。按照比较流行的观点来说,当前的公历纪元元年是耶稣基督诞生的时间。在中国古代则一直将西周共和元年作为纪元。其他文明纪元时间各不相同,如希腊人以公元前776年(即第一次奥林匹亚竞技会)为纪元,罗马人以公元前754年~前753年(建罗马城)为纪元,阿拉伯人以公元622年(穆罕默德由麦加迁麦地那)为纪元。

但是,具有标志意义的大事的发生时间,是可能会存在争议的。比如:很多学者主张,中国的华夏纪年应该从夏朝建立起算,问题是,夏朝建立时间是个众说纷纭的问题,有人认为是公元前2070年,有人认为是公元前2079年。依此来算的话,其结果就是华夏纪元元年在严谨的历史学家笔下只能写成"公元前207×年"。

回头再来看危机纪元元年的"201×年",历史也许遇到了同样的问题。在此后的太阳系人类看来,关键在于具有标志性的大事难以确认,或者事件可以确认,但是发生时间却无法确认。

那么,从掩体纪元(末世纪)人类的眼光来看,哪些事件有资格开启一个新的元年呢?

直观地想象,以下大事大概都算:

（1）叶文洁"弹星"发射电波事件。

（2）ETO 覆灭事件。

（3）云天明大脑被发射进入太空事件。

（4）三体舰队启航事件。

（5）面壁计划启动事件。

（6）智子到达地球事件。

但这些零碎的事件似乎都还没有达到标志元年开启的重要程度，我们还是必须回归到"史书记载"来思考。

搜索"三体"系列，只有一件事被明确地记载在危机纪元元年。那就是"危机纪元元年，生命选项"章节，"杨冬想救自己，但她知道希望渺茫"，随后，她发现大自然不是自然的，再之后自杀身亡。能够贯穿整个世纪长度的时间，如"阶梯计划"和"面壁计划"，都明确记载发生于危机纪元的3~5 年，而非"元年"。ETO 两大首脑的覆灭事件，也没有任何内容表明发生于"元年"，大多读者的错觉，都认为这才是危机纪元的标志事件。

那么，出乎所有人的意料，忠实于对"往事"的记载，危机纪元元年的标志性事件出场人物只有杨冬：杨冬发现了宇宙的终极隐秘——整个宇宙都是生命所为，以及杨冬之死。

标志性事件找出来了，那么问题就在于事件发生的时间难以确定。杨冬去加速器现场的时间是确定的，因为有"绿眼镜"在场可以作证；如此一来，就只有杨冬之死的时间成谜。

在《三体Ⅱ·黑暗森林》开篇，罗辑与叶文洁相遇于杨冬墓前，这是叶文洁去 ETO 最后的聚会之前的一个安排，此时杨冬已"自杀"。两人见面的时间为 2007 年，对话是这样的：

"叶老师，您……您来了？"

"你是……小罗吧？"

"我是罗辑，杨冬的高中同学，您这是……"

"那天知道了这个地方，很不错的，坐车也方便，最近常来这儿散散步。"

"叶老师，您要节哀啊。"

"哦，都过去了……"

以上对话地点明明就是杨冬墓前，而叶文洁却说"那天知道了这个地方，很不错的""最近常来这儿散散步"，这表明杨冬并不是她埋葬的，她是在杨冬被安葬之后才知道了这个地方，于是常来走走，看看风景，而不是缅怀逝去的女儿。对于罗辑提到的"您要节哀"，她还显得有点跟不上思路，"哦"了一下，说"都过去了"，表示并不在意。

杨冬只有一个亲人，就是叶文洁；她死了，丧事却不是由叶文洁"白发人送黑发人"，而显然是另有他人安排，这里便透出重重玄机。我们猜测，最大的可能就是杨冬2007年并未自杀，这一切都是一个局。而叶文洁发达的信息网也探听到杨冬并未自杀的消息，所以她没有显露出对"杨冬之死"的哀伤。

前面说过，杨冬之死与ETO也有关系。叶文洁虽然是三体组织的统帅，但作为母亲，她自然不会害死自己的女儿，暗算杨冬的只可能是伊文斯及其领导下的"降临派"。有一种可能是军方为了保护杨冬，将被列入ETO暗杀名单中的杨冬与外界隔离，对外宣称她已自杀。如此，可以起到一箭双雕的作用，一方面保证其安全无虞；另一方面则可以离间叶文洁和伊文斯两大派系首脑，甚至还可以激励汪淼、丁仪等一批科学家，尽其所能协助军方——因为杨冬是一位非常美丽的科学家，追随者众多。

也就是说，2007年杨冬自杀是假象，她可能是在叶文洁被逮捕的若干年后才真正自杀,但具体时间未知。杨冬自杀事件能成为一件影响整个危机纪元的标志性事件,表明此事极为重大,是人类为实现自我拯救的一次最高级的行动,无论成功与否,都标志着危机纪元的开始。

在大史向汪淼讲述杨冬自杀的情况时,说杨冬"服过量安眠药""死得很顺溜,没有痛苦"。这是比较明显的破绽。事实上,服安眠药自杀是比较痛苦的。首先,胃部有烧灼的感觉,持续十几分钟;其次,大剂量安眠药会抑制呼吸,使人处于半昏迷状态,五脏翻江倒海;最后,因疼痛休克而死。大史不可能不知道这些。这个破绽表明:杨冬之死,绝非"自杀"那么简单。

下面回到开头的问题,"危机纪元"以"杨冬之死"为标志性事件。但是杨冬之死可能存在三个不同的时间,因此对于历史学家来说,"危机纪元"就可能存在三个起算时间:

(1)杨冬死于 2000 年,死于地球文明的拯救行动。

(2)杨冬死于 2007 年,自杀身亡。

(3)杨冬死于 2010 年~2020 年之间的某个年份,死因未知。

接下来,我们进一步分析杨冬之死的其他可能性。

杨冬的寒冬

阅读提示：杨冬找到了克制三体文明的办法，但行动计划以失败告终。

杨冬是叶文洁的女儿、丁仪的未婚妻、罗辑的高中同学、汪淼的爱慕对象。

假如列一个"《三体》美女颜值排行榜"，并将标准确定为如下：作者对其容貌写得越多，且爱慕者层次越高、人数越多，则"颜值"得分越高，那么杨冬将排列在第一位，其后才是程心和庄颜。

谈到容貌，恐怕大多数读者只想到庄颜，但实际上，程心的颜值比庄颜更高。庄颜只吸引了罗辑，属于花瓶式美女，程心不但美貌，还兼具温柔大方。

程心一出场，虽然刻意低调，还是吸引了一众见惯美女的老油条式的情报官。

他们大多是男人，至少在这个过程中，可以毫无顾忌地欣赏她了。程心尽量使自己的穿着庄重低调，但并没有降低她的吸引力。

杨冬则让清华教授罗辑自叹不如，中科院院士汪淼倾心仰慕，顶尖物理学家丁仪感觉自卑。

以前，汪淼总觉得自己的摄影作品缺少某种灵魂；现在他知道了，缺的是她。

……而一束夕阳金色的光，透过顶棚的孔洞正好投在那个身影上，柔和的暖光照着她那柔顺的头发，照着工作服领口上白皙的脖颈，看上去就像一场狂暴的雷雨后，巨大的金属废墟上开出了一朵娇柔的花……

"看什么看，干活儿！"

汪淼吓了一跳，然后发现纳米研究中心主任说的不是他，而是一名年轻工程师，后者也和自己一样呆呆地望着那个身影。

仅仅是背影就让一众人等看得呆了，更别说正面了。

在"三体"系列中，杨冬是一个非常特殊的人物。

一方面，她不仅漂亮、聪明，智商也堪称"三体"系列人物之最。太阳系灭亡之后，幸存的地球舰队才悟出宇宙规律在不断地被高级生命篡改的真相，而这一点她在公元世纪就已经悟出来了。

另一方面，从剧情来说，她同时出现于《三体》三部曲中，这种现象在其他人物身上几乎是绝无仅有的。但由于她一出场就已经不在人世，因此，关于她的所有记录，都出自他人的回忆，以至于很多读者希望有人能就杨冬专门写一篇"外传"。

杨冬的"自杀",在书中描述的原因主要有两个:一是她发现了母亲与三体世界的秘密;二是她发现整个物理学体系的崩塌——宇宙是人为的,一切规律都是可以改变的。

这两件事对她的打击是双重的:她发现了母亲与三体世界的秘密,这件事带给她的伤害是母亲变成另一个人了,她永远无法接受这样的母亲,这件事要了她半条命。就算她用发现的三体秘密来解决物理科学信仰危机,但也不能解决发现母亲另一面带给她的伤害,因此,她在信仰完全崩塌的情况下,选择了结束自己的生命。

杨冬的生平同样迷雾重重,连出生年份都是谜。

按照推算,杨冬应该出生于 1980 年,而按照《三体Ⅱ·黑暗森林》的记载,她却出生于 1979 年,为此《三体Ⅱ·黑暗森林》开篇不惜用数千字的笔墨反复渲染该事实:

当褐蚁重新踏上峭壁光滑的黑色表面后,它对槽的整体形状有了一个印象:"1"。

……它不惜向下走回头路,沿着槽爬了一趟,这道槽的形状要复杂些,很弯曲,转了一个完整的圈后再向下延伸一段,让它想起在对气味信息的搜寻后终于找到了回家的路的过程。它在自己的神经网络中建立起了它的形状:"9"。

……褐蚁继续沿着与地面平行的方向爬,进入了第三道沟槽,它是一个近似于直角的转弯,是这样的:"7"。

……孤峰上的褐蚁本来想转向向上攀登,但发现前面还有一道凹槽,同在"7"之前爬过的那个它喜欢的形状"9"一模一样,它就再横行过去,爬了一遍这个"9"。

从名字"冬"来看,杨冬也极可能出生在冬天,即 1979 年 11 月到 12 月。

此处,我们需要再次强调一下本书分析问题的一个基本原则:

作者直接叙述的,就确认为基本事实;而小说人物讲述的,或者转述的,都可能因有意隐瞒或信息来源不充分而失实,一律存疑待考。

杨冬 1979 年出生,是作者直接叙述的,确认为事实;而 1980 年出生,则来自书中人物的陈述,确认失实。

事实上,关于杨冬的出生时间,"1980 年出生"的说法主要来源于叶文洁。叶文洁告知她的学生,又转述给汪淼,经过了多人的传递,在这个过程中信息的确很可能有意无意地出错。

然而,如果杨冬是 1979 年出生,就算按照最晚的时间计算,此时叶文洁才怀孕两三个月的时间(怀孕时间是收到三体世界发来的信息时间,即 1979 年 10 月),即便杨冬是难产加早产(她遇到了难产,在剧痛和大出血后陷入昏迷),按照正常情况,也不可能这么早出生。这又该怎么解释呢?

叶文洁在向三体世界发出信息后昏迷,而醒来时医生告诉她怀孕了。叶文洁生杨冬时遭遇难产,也陷入了昏迷,并且朦胧中看到了三体世界。

她遇到了难产,在剧痛和大出血后陷入昏迷,冥冥中只看到三个灼热刺眼的太阳围绕着她缓缓转动,残酷地炙烤着她。……她陷入强烈的恐惧中,不是为自己,而是为孩子——孩子还在腹中吗?还是随着她来到这地狱中蒙受永恒的痛苦?不知过了多久,三个太阳渐渐后退了,退到一定距离后突然缩小,变成了晶莹的飞星,周围凉爽了,疼痛也在减轻,她终于醒了过来。

对此,我们有一个基本的推测是,杨冬的出生很可能与三体世界有着千丝万缕的关系。但鉴于这种推测可能引起读者不适,此处不再详表。

我们只能推测,如果叶文洁怀孕时间是在 1979 年秋,生产时间却是 1979 年冬,叶文洁无论如何都得想办法向世人掩盖这个事实,否则她就是生了一个"怪胎"。对于知道杨冬出生时间的村民们,她会告诉他们自己的怀孕时间是十个月前;而对于知道她怀孕时间的人,她则告诉他们杨冬的出生时间是 1980 年。这样就造成了杨冬的出生年份有两个。

杨冬小时候就表现出与众不同的天赋。她三岁时画的画,就开始表达绝望的心情:

杨冬的画仍然只是随意纷乱的线条,汪淼从中看出了一种强烈的恼怒和绝望,一种想表达某种东西又无能为力的恼怒和绝望,这种感觉,是这种年龄的普通孩子所不具有的。

同时,杨冬对于世界本质还有着超强的观察力:

她父亲留下了一堆唱片,她听来听去,最后选择了一张巴赫的反复听,那是最不可能令孩子,特别是女孩子入迷的音乐了。

在杨冬留下的小时候的照片中,"小杨冬的大眼睛中透出一种令汪淼心颤的恐慌,仿佛照片外的世界令她恐惧似的"。

这可以理解为,她与地球世界格格不入。

关于杨冬,读者应该还注意到以下事实:

(1)杨冬的自杀,是全球范围内物理专家自杀潮的终结性事件。在她之后没有人自杀,她是最后一名死亡的理论物理顶尖学者。

(2)杨冬的诞生时间(宣布叶文洁怀孕的时间),跟三体世界第一条信息到达地球的时间相同。

(3)杨冬的死亡之年,是危机纪元元年。

(4)杨冬死之前,专门去了一趟高速粒子加速器现场。

以上零零散散的信息,看起来全都无关紧要,而一些说不通的信息,如出生日期,似乎是一个BUG。其实不然。大刘说过,笔下人物十分钟,实际上就是他一生的浓缩。作者必然是在知晓人物一生经历的情况下,才告诉你这么一点点他认为最重要的信息。

要解密杨冬的一生,我们可以从她生命的关键转折点开始:

杨冬有一次意外地发现,母亲电脑中收到的信息有极高的加密级别,这引起了她很强的好奇心。但解密后的信息没有放进文件粉碎机,只是删除。同所有上年纪的人一样,母亲对电脑和网络都不熟悉,不知道即使把硬盘格式化,上面的信息也可轻松恢复。杨冬做了有生以来第一件背着妈妈的事:把部分删除的信息恢复了。信息量很大,她读了好几天,知道了母亲和三体世界的秘密。

从上述这段话中,我们可以确定的事实是:杨冬通过叶文洁的电脑,获知了大量关于三体世界的秘密。而笔者想说明的是,一旦杨冬发现叶文洁的秘密,那么作为顶尖的物理学家,她就可以通过解密及恢复技术,获得全部信息,而不是部分信息。甚至,她还可以在叶文洁不知道的情况下拦截信息(拦截信息并不需要守在电脑前,可以远程控制)。

为何要拦截信息呢?那是因为杨冬与三体世界通过计算机发生了秘密联系,而她不想让自己的母亲也卷入其中。

　　叶文洁在后期与三体世界的联系,主要是通过智子,这样就有了大量、快速传输信息的可能性。ETO 能够将大量的关于历史、文学的资料(如《三国演义》和"狼外婆"的故事)都传给三体世界,自然也能传递科学技术方面的内容。而为了能够传递电子信息,双方首先要做的就是统一传递协议、规定计算机语言,比如地球上的 TCP/IP 协议、C++ 语言。三体世界也许会直接采用与地球互联网同样的传输协议接收信息,但更可能为了保密,采用三体世界的固有传输协议和程序语言。

　　传输协议、程序语言一旦确定,三体世界的人工智能就不是秘密了,而是可能被地球上一个掌握其语言和协议的人破解并侵入,甚至操控智子。

　　如果真的发生了黑客入侵,就会产生两个后果:
　　(1)三体世界制造的最致命的武器,会突然失控,对三体世界发动进攻。
　　(2)三体世界将会通过计算机连接地球人类,以免再遭入侵。

　　这与我们观察到的两个事实相对应:
　　(1)凝聚最高科技的智子,在制造成功后,对首都进行了攻击。
　　(2)三体世界突然切断了与地球人类的联系,并说"我怕你们"。

　　地球人能否通过程序入侵三体世界? 类似的问题是: 21 世纪一个优秀的电脑黑客,如果生活在 31 世纪,他是否还能成为一个出色的黑客?
　　答案是完全可以。黑客窃密的手法有许多种,恐怕最笨的就是直接解密了,最常见的则是植入木马等隐藏运行的程序,而比较高明的黑客,实际上采用的是"社会工程"①的手法。"社工入侵"可以从原始社会用到太空时代，永不过时。

杨冬既然知道三体世界，也知道三体带着入侵太阳系、消灭全人类的目的而来，作为一个十分优秀的地球科学家，难道会无动于衷吗？

笔者设想的一种可能是：她身在地球，却利用由智子构建的计算机网络，入侵了三体世界，并展开了威慑计划，只是功败垂成。

再说三体世界。最初，有两个智子的展开都失败了。这可以理解为三体文明技术水平的问题，但失败的智子竟然对三体世界展开了攻击，并给三体首都造成了重大伤亡，甚至差点让元首一命呜呼：

反射镜显然发现了首都这个最大的城市，光斑向这里移来，很快将首都罩在它的范围内……光锥的头部正刺中首都的中心，使那里的一切都在短时间内变成白炽状态、滚滚的烟柱从那里腾空而起，被光锥的不均匀热量引发的龙卷风则形成了另外几根接天的尘柱。

这就有点不可理喻了。这一结果的更大可能是：这两个智子已经受控于敌对势力，对元首进行了蓄意的谋杀，只是行动失败，谋杀未遂。

从智子攻击的力度来讲，可以说是灭世级别的：

它就可能降落到地面上来，在途中吸进遇到的一切物质迅速增加质量，然后沉到我们行星的地心中，最后把整个三体世界都吸进去。

如果你是杨冬，你具有杨冬那样的学识和数学水平，而你又知道可以

---

①社会工程（Social Engineering）：黑客手法之一，是一种通过人际交流的方式，利用人性的弱点获得信息的非技术性渗透手段，本质是欺骗和伪装。

利用计算机程序入侵三体世界,并且你知道三体文明正在试验一个对三体、对地球都是大杀器的智子,你会不会想尝试利用智子消灭三体世界?

杨冬计划失败后,"自杀"了。但她真的是"自杀"吗?承接之前的分析可知,叶文洁对杨冬之死是不甚伤痛的,可能认为杨冬并未逝去。而且,"杨冬之死"还是危机纪元元年的标志性事件,正因为杨冬之死的时间模糊不清,才导致危机纪元的起算时间出现多个时间点。

因为杨冬未婚夫丁仪不正常的举动,我们猜想,杨冬之死还有另一种可能。

在去世之前,杨冬去了一趟高能粒子加速器现场。作者是这样描写的:

杨冬想救自己,但她知道希望渺茫。

……

以前,杨冬有一个基本信念:生活和世界也许是丑陋的,但在微观和宏观的尽头却是和谐完美的,日常世界只是浮在这完美海洋上的泡沫。现在看来,日常世界反而成了美丽的外表,它所包容的微观和包容它的宏观可能更加混乱和丑陋。

这段话表明,杨冬并不甘心赴死,她希望有一种力量可以帮她对三体世界展开反击。她是一个真正勇敢的女人,是唯一愿意以生命捍卫人类尊严的女人。在地球计算机技术刚刚发展的时候,她就以一人之力,侵入三体世界并将其闹得天翻地覆。

现在,杨冬又有了新的计划:虽然人类无法登上三体星球,也无法看到智子,但是人类的灵魂却是可以量子化的,如果将自己的灵魂量子化,那就可以对三体世界实施攻击。

杨冬是这么想的,也是这么做的。她进行了实验,却发现在微观世界,也是同样的混乱和丑陋,甚至也存在秩序森严的社会和等级分明、尔虞我诈的智慧体。她需要赋予自己在微观世界的超能力,而这需要利用加速器的力量才能获得。

这也是她死之前到粒子加速器现场的真实原因。

微观世界同样存在智慧生命。三体世界展开智子时遭受到攻击这一事件就可以证实这种猜想:

元首指指太空中那些巨大的眼睛,"眼前的事情是不是表明,被展开的质子所包含的微观宇宙中,存在智慧生命?"

"生命这个定义,用在高维度微观宇宙中怕不合适,更准确些,我们只能说那个宇宙中存在智能或智慧。这样的可能科学家们早已预测到了,那样复杂宏大的一个世界,如果没有演化出智慧这样的东西反倒是不正常了。"

杨冬到加速器现场本来就是为了验证其提出的新的"弦理论"模型,而这个模型究竟是什么,却无人知晓,大刘在书中也没有讲。谁知道杨冬的赴死,是不是就是为了验证她的弦理论呢?该弦理论的根本,也许就与在低维度状态下的智慧生命有关。

杨冬虽然没有说出她的计划,但是丁仪却猜到了。丁仪曾经对自己的博士生白 Ice 说:

"她(杨冬)知道的肯定比我多,想得也比我远,她可能知道一些我们现在都不知道的事。难道制造假象的只有智子?难道假象只存在于加速器末端?难道宇宙的其他部分都像处女一样纯真,等着我们去探索?可惜,她把她知道的都带走了。"

丁仪始终在等待着、期盼着杨冬的回归,所以在三体世界的"水滴"到达地球时,他不顾一切也要去亲身接触,他希望在这个来自三体世界的物体里,感应到杨冬的消息。

或许,"水滴"并未消灭丁仪,只是融入了他。

28G 的信息内容

阅读提示：三体世界可能有不止一个主体向地球传递信息，所以信息量巨大。

叶文洁被捕后，有如下一段记录。

叶文洁：信息很多吗？

审问者：很多，约 28G。

叶文洁：这不可能，星际间超远程通信的效率很低，怎么可能传送这么大的信息量？！

审问者：开始时我们也这样想，但事情远远超过了所有人的想象，即使是最大胆、最离奇的想象。这样吧，请你阅读这些信息的一部分，你将看到自己美好幻想中的三体文明是什么样子。

我们需要研究的一句话是"事情远远超过了所有人的想象，即使是最大胆、最离奇的想象"。这句话经常被人忽略,以至于很多读者最后还认为28G 信息是通过电波发射来的,或者由智子传递来的,但这显然不够离奇,也不够大胆。

以下继续列举五种信息传递方式,不过它们都应该排除在外,因为并未超过"所有人的"想象:

(1)三体世界用量子纠缠或者中微子等先进技术发射信息,并教会了三体叛军接收信息。

(2)三体世界通过恒星电波放大信息方式发送信息。

(3)三体世界采取某种方式与地球电脑主机联网,直接传输信息到硬盘。

(4)三体世界早已派出卧底潜伏在地球上,该卧底随身带来了大量电子文件。

(5)地球的某处古迹,如巨石阵、金字塔、麦田怪圈,是早年建造的接收三体信息的装置,经过几千年的时间,即便是以拨号小猫的速度接收,也该收到 28G 了。

还有一种比较开脑洞的推测是,向 ETO 传输信息的并非只有三体政府,而还有大量三体世界的民用、商用、非官方发射台。由于这种情况可以得到上下文的支持,可能性较大。我们看到,三体世界的星空信号监测站有几千个,1379 号所在监测站并无特殊之处,他自己的身份也十分卑微,可他轻易地向地球发送了回复电波。可见,三体世界在早期并未意识到"黑暗森林"的危险,也许三体世界也是通过叶文洁才知道该原理的。那么,在数十年的时间里,大量的民用、商用、非官方发射台或秘密或公开地锁定了ETO 的频道,源源不断地传输着大量关于三体文明的信息,虽然单个效率很低,但大量发射台综合起来就非常庞大了。

在这种情况下,地球的人文思想也隐秘地侵入到了三体世界,三体世界的社会控制必然会被削弱。忍无可忍、脱水无数也禁止不了这种文化的入侵，于是元首不得不耗费巨大资源建造智子。智子的主要目的是锁死地球的科技，但附加的使命是监视三体世界的非官方信息到达地球，并垄断与 ETO 的通信。

审问者本无必要给叶文洁看三体世界的信息，给她看其中部分信息，只是为了打破她的幻想，以便配合审讯和调查。所以，这部分信息是经过精心选择的，用以证明三体政府残暴无道、专制独裁。这些信息甚至有可能是三体社会的民间野史、街头小报、政治异见分子撰写的元首负面新闻。

叶文洁看的信息，实际上只是关于 1379 号监听员如何与她联系的过程，可见政府方面并未将所有的信息都披露给她，她所知的内容，如果是以纯文本形式记录，内容不过几 K 字节而已，而传输来的总信息高达 28G，那还有巨量的信息内容，究竟是什么呢？可以相信，其中应该包含了大量的科学技术内容。ETO 借助这些先进的技术，在地球兴风作浪，而政府军借助这些技术内容，发展出了远超出时代的技术。

现实世界的 2015 年，冷冻人体还不可行，达到光速的千分之一遥不可及，没有解开球状闪电的秘密，连针对纳米飞刀材料研究的实验室都还没出现，可是在有了三体世界介入的地球平行世界，上述技术都已成形。这些技术的来源，正是三体文明。

维德领导的 PIA（行星防御理事会战略情报局）是在危机纪元成立的。外界认为这个情报局毫无用处，但它实际上正是为了解读这 28G 的信息而成立的。维德通过对 28G 信息的解读，深刻了解了三体社会的民情政情，这是他制订阶梯计划的战略基础，也是他极力主张耗费巨大资源送一个大脑到三体世界的原因。

28G 的信息还可能是三体世界早期的潜伏者（即前面所述的白沐霖）用硬盘直接拷给伊文斯的。理由是：如果伊文斯通过接收电磁波信号的方式接收信息,那么,遍布地球的 SETI[①] 也应该能接收到。可事实上 SETI 从没有发现任何外太空信号,因此电磁波接收的方式首先应该排除。

还有一种不那么"离奇"、叶文洁也应当想到的方式,就是智子通过量子纠缠传输了 28G 的信息,因为叶文洁知道智子到地球的事儿。

目前为止,量子纠缠主要是用于信息加密,还无法实现超距通信。我们举个例子来解释下加密原理:你跟张三各拿了一个黑箱子,里面事先分别装有一双鞋其中的一只。然后,两人分开五百亿光年,你拆开你的黑箱子看是一只左鞋,于是瞬间你便知道五百亿光年之外的张三手中拿的是右鞋,虽说"信息实现了超光速通信",可是有传递什么信息吗?什么也传递不了,因为也有可能你手上的是右鞋而张三的是左鞋。当然,在实际运用中也未必不能传递信息,比如你和张三可以约定好,一千年后两人同时开箱,如果谁手上拿的是左鞋,谁将到一千光年那里去完成某个机密任务。

通过以上分析的智子与伊文斯的交流方式及内容,我们可以得出一个基本结论——28G 的信息内容,经过了伊文斯一定程度的加工和篡改。

伊文斯在 ETO 中稳固地位,初期靠的是巨额财富支撑。但当名义上的统帅叶文洁获得了真正的统治权后,随着两人政见分歧日益增大,伊文斯必须持续巩固自己的地位。然而,这时候叶文洁身边聚集了大量的政治、社会精英,伊文斯撒钱无用,拉人头也无用,只能依靠垄断与"主"的通信。一旦垄断通信,那么,通信的具体内容、通信的方式、上级的指示,都可以任由自己述说了。

历史,总是由成功者和掌权者来书写;历史的真相,如果不分析一个个的细节,很容易被掌权者掩盖。

---

①SETI 是一项真实存在的利用全球联网的计算机共同搜寻地外文明的科学实验计划,即 Search for Extra Terrestrial Intelligence(搜寻外星智能)。由美国加州大学伯克利分校创立,志愿者可以通过运行一个免费程序下载并分析从射电望远镜传来的数据来加入这个项目。该项目也是迄今为止最成功的分布式计算试验项目。

按书中描述,"伊文斯喜欢在这种时候与那个遥远的世界对话,因为在星空和夜海的背景上,智子在视网膜上打出的字很醒目"。这句话中的"喜欢"是一种个体主观感受,除了伊文斯自己讲出来,别人不知道他内心是否"喜欢",所以这应该是伊文斯本人讲述的。况且,智子在视网膜上直接打字,这意味着伊文斯无法采用录音、录像等方式记录,只能在每次交流之后,进行文字整理和加工。"28G"本身表明,信息用电子方式储存于电脑硬盘,除非是三体人直接拷贝的,不然硬盘内容就是由伊文斯事后"记录"而产生的。

"记录"看起来是很客观的一件事,但实际上任何"记录"都充满了主观感受。同一场交通事故,同一场大雾,同一个会议,十家记者到现场,记录的可能是十种完全不同的事实。这是因为任何记录都是记录者以自己可以理解、自己认为重要的方式记录的。世界上不存在完全客观的新闻报道。以一起火灾而言,在未公布调查结果之前,有的记者可能会写热水器短路发生火灾,有的记者可能会写电线老化造成,有的记者会认为这是人为的原因,也许物理学家认为这只是电子不确定性造成的;而在这些报道中,记者不自觉地传达了自己的价值观,使得报道内容各有偏重。所以,没有一种原因能够说是"最客观"的。还有如法庭的庭审,虽然程式十分固定,但如果让书记员、记者、原被告、法官、证人每人写一份庭审实录,那也将是大相径庭的。

伊文斯对智子说:"是的,主,我发现我们发给您的人类文献资料,有相当部分您实际上没有看懂。"——这句话的关键字在"发"。要知道,人类和三体世界交流,可不像我们聊 QQ 或者在 e-mail 上发文件,除非三体世界拥有与人类一模一样的电脑程序。就算三体人的电脑上装了 QQ 但还是不行,两者没有传输光缆。实际上,智子可以直接扫描和阅读人类的文献资料,根本就没有必要"发"给它,直接指定一个阅读目录,智子通过扫描方式复制过去就 OK 了。伊文斯说他"发"给了三体人资料,那是对 ETO 内部成员讲的,意思是三体世界所知道的一切,都是他提供的,他居功至伟。

第二十二次交流时,智子说:"'想'和'说',我们刚刚惊奇地发现,它们原来不是同义词。"如果三体人在交流之初,不懂地球人的交流方式是很正常的。可是,这是在三体文明已经知道地球人类的第二十九个年头(1975 年 ~2003 年)。发现一个外星文明,通常第一步就会研究该外星生物的个体形态、交流方式等信息。何况,智子还可以通过扫描方式传递人类的形象照片给三体世界,三体人很容易就会发现人类的外貌特征,比如存在听觉器官"耳朵"和发声器官"嘴巴",交流是通过嘴巴发声传递到耳朵实现的。我们认为,这是智子的欺骗战略,但伊文斯讲出来,则是强调 ETO 对于三体世界的重要性;人类政府把这个故事也拿出来,则是为实施面壁计划提供一个理由。三体世界能够观察到地球世界的一切人的活动,但是文化背景的不同,理解其实际意义却很难。就像很多外国人学汉语,往往所有词的意义都理解,但就是不知道在说什么,比如模拟给上级送礼场景的经典对话:

"这是点小意思。"
"你这是什么意思?"
"只是意思意思。"
"那就不好意思了。"

对很多老外来说,所有单词都懂,但理解其意义却很不容易。三体人观察地球世界,面临的正是同样的难题,所以才会迫切需要 ETO 组织为其提供帮助。

很多人认为,三体人思维透明是《三体Ⅱ·黑暗森林》整体故事设定的重要基础。事实上这不是基础。无论三体人是否善于欺骗,是否善于谋略,是否思维透明,人类都有必要实施"面壁计划"。因为地球处于智子的全方位监控之下,如果战略要保密,就只能让个别人内心知道战略的目的何在。换言之,面壁计划产生的基础是智子监控,而不是三体人思维透明。

再说"狼外婆"的故事。这个故事是讲,狼吃掉外婆后,假装成外婆又吃掉了孩子们。三体世界表示无法理解这个故事中的"交流"与"隐藏"。这同样是伊文斯歪曲事实、断章取义。实际上,这个故事最难理解的因素不是交流问题,而是它的文学表现手法。狼不会讲话,为何在这里会讲话了? 狼又是如何能与人类进行交流的? 地球上是否很多生物都能直接与人交流? 狼的嘴巴那么小,是如何一口吞掉外婆的? 三体人可以理解《三国演义》,但确实非常难理解这个故事,因为前者都是建立在逻辑基础之上,研判人类的社会政治活动,完全可以理解。但是"狼外婆"这个故事建立在虚构、非理性、非逻辑之上,它要表达的意义不过是独自在家的小孩面对陌生人要保持警惕,尤其是看起来熟悉的陌生人。这种意义刻在人类的基因里,即便是小孩也可以理解。

人类人文历史的发展使人类能够轻易地理解文学语言中"能指"和"所指"①的不同,使文学语言充满了可供解读的含义。云天明也一定是发现了三体文明无法真正理解童话的文学特质,因此选择以童话故事的方式来传递情报信息。但是三体人只通过逻辑分析来理解时,就会觉得非常费解了。

---

①"能指"与"所指"是结构语言学中的一对概念,前者指表示具体事物或抽象概念的语言符号,后者则是指语言符号所表示的具体事物或抽象概念。

高 Way 去哪儿

阅读提示：太阳系如果一直以光速二维化，很快将波及整个银河系，而数百光年之外的蓝星并未受到影响，可见有一种力量终止了太阳系的二维化。

掩体纪元，程心从冬眠中苏醒，科学家曹彬带她去星环城见维德，路上经过"光速二号"太空城时，曹彬讲述了高 Way 的故事。高 Way 是黑洞项目首席科学家，他为了研究微型黑洞，不惜以身犯险，落进了黑洞之中。由于两个视界的时间差异，高 Way 看起来永远在落进黑洞的路途中，而事实上，他早已进入了黑洞，去了一个未知的世界。

我们不妨"脑补"一下：由于高 Way 带着推进器做高速旋转运动（云天明童话里旋转的伞），抵消了强大引力造成的潮汐力，因此高 Way 身体的每一个粒子都按均匀的比例缩微了。这样，他在穿越黑洞过程中，身体没有被撕裂为碎片，完好地活下来了。这跟人们观察到的情况是相符的：

更离奇的是,那个人影各部分的比例是正常的,也许是由于黑洞很小,潮汐力并没有作用到他身上。……所以不止一名物理学家认为视界上的高 Way 身体结构并没有遭到破坏,换句话说,现在他可能还活着。

对很多读者来说,高 Way 是一个突然冒出来的奇怪的人物,没有前情,没有后果,不知生死,也不知大刘花一大段笔墨写这么个人物用意何在。但我们认为,如果大刘写《三体Ⅳ》,那么高 Way 必然成为主人公之一——他可能是整个太阳系唯一躲过二向箔攻击的人。

"二向箔"是一种降维攻击武器,将三维世界变成二维,太阳系的生物都不能在二维空间生存,会整体覆灭。但黑洞的维度更低,低至零维,能在黑洞生存的高 Way,自然无惧二维攻击。

高 Way 主动去黑洞探索,没有证据表明他是要寻死,原因有二:

(1)他已经在黑洞里有所发现,甚至与黑洞里的文明进行了沟通,"有时他声称黑洞在说话,他从闪光中看出了什么信息"。他的这种说法自然没人相信,认为是他的幻觉,但他并不认为这是幻觉。也许黑洞内的文明需要他拯救,也许黑洞文明将保证他的安全,事实上他没有如其他事物那样被潮汐力撕碎,而是完好无损,这足以证明该黑洞的异常。

(2)他一生都在研究黑洞,具有丰富的关于黑洞运作原理的知识。如果黑洞中有什么危险,他一定十分清楚,主动探索黑洞,也许是因为他已经找到了在黑洞中存活下来的方法。

关一帆曾提到,高等级的文明为了在低维打击中保存自己,会抢先把自己低维化。也许高 Way 在与黑洞文明的沟通中,已经看到了太阳系的未来,知道整个太阳系将整体毁灭于二维攻击。高 Way 做了长达数年的充分准备后,携带着大量的预备将来复活太阳系的全息信息,这才进入了低维的黑洞。

黑洞的文明有很多种可能。可能是一种微观文明,该文明有自己的微观宇宙,微观宇宙遵循着完全不同的物理定律;也可能是一种外来的潜伏在黑洞中的文明,为了逃避宇宙中无处不在的"黑暗森林"打击,将整个文明降维装进了一个小型黑洞,从而获得安全;也可能是几千光年、几亿光年之外的某个文明,而黑洞只是一个连接两个文明的虫洞,使极远变得极近;也可能是高 Way 的世界的一个平行世界,遵循与地球世界完全相同的物理规律,甚至有着完全相同的罗辑、程心等人物;也可能是一个时间上不同步的宇宙,高 Way 进入黑洞,便穿越到了未来世界。黑洞使现实世界变得光怪陆离、神秘莫测。

无论黑洞文明为何物,有一点可以确定,高 Way 逃离二维攻击后,可以从黑洞中观察到其外的太阳系世界(高 Way 之前能与黑洞中的文明进行沟通,可见黑洞文明也有办法观察洞外世界)。高 Way 从未接近过女人,可他却能看到有个女人一直深爱着他。

高 Way 是一个负责任的、坚韧不拔的、顽强坚定的人类科学家,他既然已经找到了躲避二维攻击的办法,就没有理由不想办法拯救太阳系。可两个空间时间流逝速度不同,即便他进入黑洞后立即返回,虽然在他自己的时间维度仅仅过了几个小时,但黑洞外的太阳系也已经过了几百年的时间。当他走出黑洞时,太阳系的二维化已经完成。他不得不采取还原的办法,将二维细节全部抽取出来,重塑三维太阳系。也许在程心到达蓝星时,整个太阳系已经在三维重塑的过程中了。也许,这种三维重塑由于黑洞的介入,重塑的是一个反宇宙、反太阳系,遵循着与原宇宙完全相反的宇宙定律。

DX3906 星系距离太阳系不过二百多光年的距离,如果太阳系的二维化以光速行进,程心和关一帆所在的蓝星早就被二维化了。但事实却并非如此。所以，一定是有什么力量阻止了太阳系的二维化进程。我们认为，这个阻止力量就在于太阳系的唯一的这个黑洞和黑洞里面的人类——高Way。

掩体纪元的光速研究有两个分支，一个是高Way领导的黑洞项目，另一个是维德领导的曲率驱动飞船项目。维德应程心的要求放弃了研究，而他自己，"在一道强激光中，托马斯·维德在万分之一秒内被气化"。

按照记载，维德是被执行了死刑，这种死刑方式可谓十分人性化，极短的时间便完成了行刑过程，人体感觉不到任何的痛苦。然而，鉴于维德是个擅长阴谋的人物，我们仍然有必要对这一记载进行考证。维德是被"气化"的，但人体是固体物质，转变为气体应为"升华"。而同时，"气化"又是中国古代的一个哲学术语，"物生谓之化"，"气化"是指阴阳之气互相转换的过程。如果这样理解，维德的"气化"，明为死，实则为生。也许维德的"死亡"过程，是一种非常特殊的程序，这种程序是用于将维德送往一个新世界。

程心对维德的一句评价非常到位：

这个人精神的核心，就是极端理智带来的极端冷酷和疯狂……

维德对光速飞船研究的放弃，完全不符合其"极端疯狂、极端理智"的性格。有理由相信，他必定对未来另有安排。也许他的"气化"，本身就是一个疯狂实验，他希望通过这种方式，进入另一个世界、另一个宇宙，甚至返回公元纪元重新领导人类对三体世界的斗争。而高Way对太阳系的终极拯救，也可能是维德的一手安排。

为进一步证明上述推理，我们可以从维德的行为入手继续分析。众所周知，维德唤醒程心的目的，是让程心来决定是否要与人类政府开战。而此时,维德已经做好了充分的战争准备——他拥有大量的反物质子弹,招募了大量的士兵,并且已经潜入了其他太空城。

上述两种行为,实际上是矛盾的。如果维德真心诚意地想让程心来决定是否战争,他就不应该制造大量的反物质子弹。而他也很容易就想到,让程心来决定是否战争,百分之九十九的可能都是被否定的。

在维德制成反物质子弹之后、唤醒程心之前,必定发生了什么,让他觉得有必要终止战争,所以才唤醒程心,让她以星环集团拥有者的名义来发布停战决定。

很可能的情况是:在制造、实验反物质子弹的过程中,维德的科学家团队发现了反物质的某些规律,该规律可以实现时空逆转或者空间跳跃之类的神奇功能。于是,维德有了新的计划,不再需要战争,只是这停战决定让程心来发布才更让人信服,而他自己,通过掌握的反物质规律,"一气化阴阳"。

安全声明是什么

阅读提示：黑域内的文明，对于其他文明来说，仍然是一种极度危险的文明。

被暴露的文明一定会遭遇"黑暗森林"打击，但有一种"安全声明"，可以让任何一个遥远的文明都认为它是"安全无害"的，不会对其进行打击。地球人对"安全声明"最终的解读是由曲率驱动飞船产生的"黑域"，通过"黑域"将太阳系变成低光速黑洞。

在宇宙中，曲率驱动航迹既可以成为危险标志，也能成为安全声明。如果航迹在一个世界旁边，是前者；如果把这个世界包裹在其中，则是后者。就像一个手拿绞索的人，他是危险的；但如果他把绞索套到自己的脖子上，他就变成安全的了。

人类这种解读是否正确呢？显然不正确。

谁也不能保证把枪指向自己的人不会掉转枪口。对于亿万个文明来说,谁也没心思关心你是把绞索套在哪儿,你拿着绞索,本身就是一个危险分子,还不如灭了再说,反正也不费劲。对于一只掐着自己脖子的蚂蚁,人类不会关心这只蚂蚁是否"无害",顺手就灭掉了。

消灭你,与你何干。

并且,"黑域"还有可能被伪造。伪造一个"黑域的外壳"并非难事,这样就可以在"黑域"之中继续发展科技,甚至还可能在真正的"黑域"之中创造超光速空间。拥有这种技术的文明依然是危险的。对于神级文明来说,谁愿意去探测你的心思如何? 先扔个二向箔再说。

比如,歌者在收到三体世界坐标后,他发现这个世界已经被清理,"他看到了那个世界附近的那一片慢雾,慢雾距那个世界约半个构造长度……慢雾表明那是个危险的世界,所以清理来得很快"。其中的"慢雾",应该就是三体舰队进入光速后留下的一片黑域。之后,当他发现"弹星者"与三体世界之间的沟通,他又提到"弹星者应该意识到自己的坐标已经暴露,那此时唯一的选择就是把自己裹在慢雾中,让自己看上去是安全的,那样便没人去理会他们"。因此可以看出,制造低光速黑洞在宇宙中是一种公认的"安全声明",但在神级文明看来,拥有这种声明技术的文明显然也不是安全的。

三体文明认为有安全声明,但不能告诉人类。这本身就能说明很多问题。

首先,三体文明肯定已经掌握了这种技术,并且知道人类如果定向发展,也可以在打击来临之前就掌握。如果三体文明没有掌握,那么即使告诉人类方法也没关系,甚至人类还可以帮助三体世界实现这种技术。

其次,三体文明不能或者不愿实施这种技术,不但在三体星系不能实施,在任何星系都不能实施。如果这种技术可以在太阳系实施的话,那么,三体世界完全可以先占领太阳系，消灭人类，然后发布安全声明。要知道，对于当时的三体世界而言，占领太阳系轻而易举，但他们却舍近求远奔向不可知的恒星系，这表明这种安全声明本身具有自残、自毁性质，在团体内部很容易产生分歧，大部分人也许永远不会同意发布这种"安全声明"。

最后，这种"安全声明"如果被地球人掌握，将对残存的三体文明具有百分之一百的威胁。由于三体舰队已经航向茫茫星际，那么地球人能够威胁到的就只有三体星系掩体下幸存的文明（恒星爆发摧毁了三体星系的一切，星系内正在逃离的大部分飞船和太空城都被毁灭，只有极少数的飞船侥幸逃脱——当时，这些飞船正处于另外两颗太阳后面，这两颗没有受到打击的恒星在大爆发中起到了掩体的作用），残存文明数量接近原文明的千分之一（加上已经远航的舰队，不到千分之一），考虑到三体人基数的庞大，千分之一数量还有很多。

黑域技术符合前两条：三体文明掌握了而人类没掌握，同时本身具有自残性质，三体文明不愿实施。但不符合第三条。人类是否掌握曲率驱动技术，对三体世界并无危害，事实上智子在"茶道谈话"中，就已经告诉人类必须逃亡，逃亡当然需要发展光速飞船技术。

那么，大刘有没有设计一种真正的"安全声明"呢？

我们认为，他把答案写在了第三部小说的封面：死神永生。

神级文明看待太阳系，就像人类看待一只小蚂蚁。那么，蚂蚁有没有办法发布一种"安全声明"，让任何一个人——无论这个人是小顽童，还是老大妈，是昆虫学家，还是精神病人——都认为这只蚂蚁是安全无害的，甚至连踩一脚都不会去尝试？

蚂蚁无论表演什么行为艺术都没用，因为人类看不见，也不会在意。就算这只蚂蚁站在光滑的桌子上，把自己的四只脚全部卸了，拿一把绞索套在自己头上也没用。也许很多的人都看见了却不予理会，但总有一个人不会理解蚂蚁的行为,选择直接将其清理。即便是一只死蚂蚁,也会有人将它拂去。

换言之,即便人类自己提前打爆太阳,或是用黑域自残,仍然不妨碍有神级文明随手再做一次清理——也许只为了看起来更加干净,没有其他多余的理由。

那么,你在什么情况下,才不会去踩死、拍死、淹死一只无害的蚂蚁或者凶猛的老虎?

只有一种情况:它跟我们不处在同一个维度,是"死"的。一只画在画上的蚂蚁或者凶狠的老虎,对任何人都是极度安全的,即便小顽童也不会想要去捏死一只画中的蚂蚁。

如此,"安全声明"的答案呼之欲出:降维。只要比现行宇宙的维度低一个维度,那么,你对整个宇宙来说都是安全无害的,不会有任何一个文明再对你发动打击。

三体世界很早就可以将一个粒子"升维"或者"降维",经过数百年的科技发展,也拥有了将宏观物体降维的技术。然而,从三维降为二维是一种极端的自杀手段,如此虽然不会再遭遇其他文明打击,但成为"二维文明"等于到了阴曹地府,就算三体元首强力推行,决议也很难一致通过。

那么,将这种方法告诉人类,人类中的极端分子将这种技术秘密研发出来,使太阳系真的降维,那会如何呢?其结果就是太阳系将以光速二维化,在四年后便会波及三体星系,使幸存的三体文明毁灭殆尽。

遭遇歌者打击的太阳系,降维为二维文明,从此在这个一百五十亿光年的三维宇宙中,太阳系真正"安全"了,这就是刘慈欣所言"死神永生"的真正内涵。任何其他文明远远地望一眼这个落向二维的文明,都会说:这是个安全的地方,没有必要再发起任何打击。而且如"魔戒"所说,低维威胁不到高维,高维也不需要低维的资源。

那么,有没有人可能已经窥破"安全声明"了呢?

如果有,这个人就是维德,而证据在曹彬身上。

之前我们分析过,高 Way 落入黑洞之中,是他有意为之,其目的是为了在低维的黑洞躲过了降维打击,然后再升维恢复。他不是一个人在奋斗,他是维德领导下的团队成员。

曹彬带程心看"光速二号"时,几次阻拦程心,唯恐程心知道其中的秘密。在介绍高 Way 时,又撒了一个谎。他说,保险公司拒绝支付赔偿金,理由是"高 Way 还没有死"。事实上,保险公司最佳的拒赔说辞应是"高 Way 是自杀的,当然不承担保险责任",由此拒赔理由便不可能存在重大争议。我们都知道,全球的保险法公理都是保"意外",有意自杀不可能获赔。

曹彬露出这样一个看起来毫无必要的破绽,只是因为他对于真相有种本能的隐瞒和抗拒。这个真相就是高 Way 是有目的、有计划地落入黑洞,是执行维德的任务,一切都是"有意"而为。曹彬想竭力隐瞒这种真相,碰到保险公司的拒赔理由,就刻意地不提"有意坠入"这种说辞。

将太阳系"降维"求生是一个何等可怕的计划,维德的团队如果公布了这种惊世的救世计划,恐怕比雷迪亚兹死得还惨。因此,这是一个顶级机密。

也许维德很轻易地放弃了光速飞船计划,是因为他同时在进行两个计划,一个是曲率驱动,一个是自我降维。前者被世人所唾骂,后者同样令世人恐惧。两者都是魔鬼技术,都需要耗费星环公司的全部资源,只能取其一发展。如果要研究降维技术,他势必要放弃光速飞船项目。为了瞒天过海,使世人不再关注星环公司的研究内容,维德故意唤醒程心,利用程心告知公众:维德已经不再研究光速飞船了,世界安全了。

成为死神的维德,面向太阳系人类发布了他自身的安全声明。

维德寻求的不是降维本身,而是降维后的生存与复原技术。也许三体世界都尚未掌握这种技术,这是百分之百的冒险。

维德的冒险,最终获得了成功。证据就是经历一千八百万年,太阳系的二维化也没有波及 DX3906 星系。可见,太阳系的二维化,已经因为内部的力量,成功地实现了终止。

这种力量来自于维德,也来自于高 Way。

三体社会的基本形态

阅读提示：三体社会是铁幕国家，元首不是通过世袭产生。

三体人与地球人的接触，明明是以干扰加速器并产生错误的结果这类典型的阴谋诡计为开端的，然而三体文明却言之凿凿地说：我们不搞阴谋，我们不会阴谋，我们怕你们地球人，我们要向你们学习怎么搞阴谋。

ETO 相信了，很多读者估计也相信了。

"三体"系列中，没有对三体人的相貌和社会结构形态进行描述，但根据书中关于三体人的零散的信息，我们可以大致勾勒出三体社会的基本形态。

三体时间。在《三体》的"智子"章节中，大刘写明了三体时：

八万五千三体时（约 8.6 个地球年）……

由于地球上 1 年 =365 天 × 24 小时 =8760 小时,8.6 年为 75 336 地球小时,而 85 000 三体时 =75 336 地球小时,那么换算可得:1 三体时 ≈ 0.886 小时。也就是说,三体世界的计时与地球基本相当。

个体寿命。在"监听员"章节中:

监听员从噩梦中醒来,看到刚刚升起的巨月把一束冷光投进小窗。他看着窗外寒冷的大地,开始回顾自己孤独的一生。现在,他已经活了六十万个三体时,三体人的寿命一般在七十万至八十万个三体时,其实大部分人早在这之前就失去了工作能力,这时他们就会被强制脱水,脱水后的干纤维躯体被付之一炬,三体社会是不养闲人的。

据此可见,三体人的平均寿命与地球人也相当,在 70 岁 ~80 岁。

生物形态。"三体"系列虽然没有描述三体人的生物形态,但根据有限的信息,可以判断出三体人的部分生物特征。我们推论的一个立足点是:统治一颗行星的顶级智慧生命,其生理特征必然是与该行星外部环境最为适应的,是生态环境的最优解。

首先,三体人可以"看",而且可以看到"蔚蓝""翠绿""红色"等与地球人类看到的相似的颜色。这表明三体人是在有光线的环境下进化的,并且是生活在星球表面而非内部或者水中的生物。关于能够"看到颜色",可以有更多的分析,这涉及生物学和物理学,此处不展开分析。但我们知道,在猫、狗眼里只有黑、白、灰三色,它们是看不到"蔚蓝""鲜红"之类的色彩的。我们还知道,被捕食者出于躲避捕食者的需求,往往会将光线感受器官进化到头部的两侧。作为星球上的顶级智能生物,三体人必然是捕食者,因此它的眼睛必然长在头部正面。同时,由于其生存环境恶劣,对于光线和温度的感知十分重要,那么在进化路径上,三体人的眼睛很可能没有眼皮,皮肤也很可能直接连接到大脑系统。

其次,1379 号监听员面见元首时说:"元首,这也让我有缘见到了您,如果不是这个举动,我这样的小人物也只能在电视上景仰您。"这句话里出现了一个我们熟悉的元素:"电视"。"电视"是视频音频传输工具,它表明三体人的接收信息方式与人类相似,也是视听,而不是有人猜测的脑部互联,这就表明三体人存在眼睛。至于是否进化出耳朵,取决于三体行星表面是否存在空气,这是因为利用声音交流需要依赖空气的震动传播。由于三体人会脱水,能在广场上被烧掉,表明三体行星存在大气层,否则水会散发逸失,而且可以推测空气成分中含有氧气。这么一来,三体人大概率会进化出"耳朵"。如果存在耳朵,那么也就可能进化出了发声器官:声带、嘴巴等。

由于缺乏三体行星的重力数据,还无法推论出三体人的身高、体重情况。

社会制度。三体社会是君主高度集权的专制社会,没有议会,没有民主,个体缺乏自由,禁止恋爱,甚至禁止一切私人情感的流露。已知的官职有:军事执政官、科学执政官、宣传执政官、文教执政官、工业执政官、农业执政官。但是,执政官联席议会并没有类似议会的权力,只是君主命令的执行机构。执政官直接受命于君主,即"元首"。元首拥有至高无上的独裁权力,可以不经审判随意剥夺任意公民的生命,当然也可以不经审判随意宣布一名涉嫌重大犯罪的人(如 1379 号监听员)无罪。元首可以调动全星球资源做事,不需要向任何人进行解释——他的解释只是因为他有兴致。元首对三体公民保持着神秘感,普通人终其一生也难睹真容。

福利制度。根据有限的信息分析,三体世界的福利实行的应该是原始共产主义社会,即:孩子出生后,由国家和社会抚养,父母不负有抚养责任,因此虽有男女结合,却没有家庭观念,也没有孝顺父母的观念和必要。三体社会没有养老制度,老年人"没有用处",这表明在三体世界,没有因经验积累而形成的知识和技能,一切工作都是遵照严格的指派进行,缺乏创新,也不允许创新。在地球上,有很多因经验而形成的高级技能人员,比如医生、律师、教师、政治家、高级工程师,都是年龄越大,经验和技能越丰富也越受到尊敬。

等级制度。三体公民的社会地位并不平等,有着严格的等级制度。等级的形成机制尚不明确,可能因基因形成,也可能因后天的努力结果而形成。1379号监听员是低等级的代表人物,他的命运十分悲惨,忍饥挨饿,受人嘲弄,被局限在一个小小的如同监狱的监听室中。如果监听室撤去,他极可能失业,而失业后如果在半年里(5000三体时)找不到工作,他就会被判处死刑烧掉,生命如草芥。

社会控制。三体世界的社会控制是基本成功的,其主要手段有两种:

一种是严酷的刑罚。一经宣判有罪,不论罪轻罪重,全部脱水烧掉,不准自我辩护,不会给你改过自新的机会,甚至也不用建造监狱,因为罪犯已经烧掉了。这大约也是三体星球控制人口的手段之一,个体生命经常被充当燃料:

"在三体世界的太空监听系统中,与此相关的责任人还有多少?"
"我初步查了一下,由上至下各个层次,大约六千人吧。"

"他们都有罪。"

"是。"

"六千人都脱水,在首都中心广场烧掉——你,就当引火物吧。"

"谢谢元首,这让我们的良心多少安定了一些。"

第二种是舆论钳制,为此还专门设置了"宣传部门"。通过成功实施舆论钳制,已经让大多数三体人都相信:三体世界现有的社会制度是最适合本行星发展的制度,至于文明、自由、情感,甚至老年人,都是这个社会的有害因素,必须一律清除,只有这样本星球才能健康发展。但是,星球又留存了以往二百轮文明发展的成果,这些被列为高级机密和禁区,除非元首允许,否则不得查阅。元首十分重视对民众的宣传和教育,一个质子的毁灭,让他马上联想到了宣传工作:

"我要马上通知宣传执政官,让他把这个科学事实向全世界反复渲染,让三体人民明白,文明的毁灭,其实是一件在宇宙中每时每刻都在发生的再普通不过的事。"

三体社会制度是否是在严酷的自然环境条件下最适合文明生存和发展的制度呢? 答案是否定的。因云天明的到来和地球文明源源不断地输入,三体世界的社会制度最终产生了颠覆性的改变。也正是因为这种文明巨变,三体科技突飞猛进,迅速产生了技术爆炸,在很短的时间内掌握了曲率驱动的光速飞行技术,甚至还能制造小宇宙,迈向了神级文明。可见,高度的集权和专制并不是"最适合球情"的文明,所谓"球情"不过是权谋者对人民洗脑的强力说法罢了。

三体人的情感。尽管三体元首一再强调三体人不应具有任何情感,不应有喜悦、沮丧、愤怒等各种情感,但限制人民情感的主要目的是便于社会控制。一个整体麻木、如同行尸走肉的社会自然没有愤怒,没有反抗,只有安于天命,安于受控。

事实上,三体人有着如同人类的情感,能做梦(但他并没有得到自己想要的梦,蓝色的地球确实在梦中出现了,但在一支庞大的星际舰队的炮火下,地球美丽的大陆开始燃烧,蔚蓝的海洋沸腾蒸发……),有恐惧(监听员从噩梦中醒来),有喜悦(狂喜在会场上蔓延开来,但又不能充分表露,像被压抑的火山。元首知道,让这种脆弱的情绪爆发出来是有害的),有厌恶("这些东西真讨厌。"元首不断地用手拂脸,此时他正同科学执政官一起站在政府大厦前宽阔的台阶上,"我总是感到脸上痒。"),也有失落(激动和兴奋很快冷却下来,剩下的只有失落和凄凉。在过去那漫长的孤寂时光中,监听员不止一次地问过自己:即使有一天真的收到了外星文明的信息,与自己又有什么关系呢?那个天堂不属于自己,自己这孤独而卑微的生活不会因此有丝毫改变)。总之,三体人具备丰富的情感,而地球人所见到的冷静和麻木,是三体世界严密社会控制下的结果。

下面谈一个重点问题:三体社会到底是否真的如其所称的思维透明、不存在欺骗呢?

铁幕国家很喜欢对其他国家宣称:我们国家的人民都是热爱祖国的,都是简单透明的,彼此之间没有猜疑,没有欺骗,领袖和人民关系融洽。于是,凡有反对,那必定是受到了敌对势力、外来势力的挑唆和影响。很明显,所谓"思维透明"是三体社会向外宣传的表明自己国家团结一致、绝无内部斗争、绝无反对因素、铁板一块的形象。

但实际上,三体人的个体思维,跟地球人一样是一个黑箱,很难确切知道一个人在想什么。

　　"你怎么能让这样的脆弱邪恶分子进入监听系统呢？"
　　"元首，监听系统有几十万名工作人员，严格甄别是很难的。"

　　三体社会的目标是通过严格的社会控制，将个体性差别大规模地抹除，使每一个个体都只是社会中任劳任怨、尽职尽责的一分子。但是因境遇的不同，毕竟还是会存在差别的。

　　"每看到车上的其他人吃东西，我的心中就充满了憎恨，真想杀掉那人！我不停地偷车上的食品，把它们藏在衣服里和座位下。"

　　这些差别就导致了一些不为人所知、不愿为人道的个体思维和个体情感。而元首的思维更是个黑箱，他做了什么，在想什么，没人知道。

　　"我刚刚关闭了巨摆的动力电源，它将在空气阻力下慢慢地停下来。"
　　"元首，为什么这样？"一位执政官问。
　　"我们都清楚巨摆的历史含义，它是用来对上帝进行催眠的。现在我们知道，上帝醒着对三体文明更有利，它开始保佑我们了。"
　　众人沉默了，思索着元首这话的含义。

　　思维不透明，而又存在不同的利益诉求，那就必然存在欺骗和谋略。这里所谓的"欺骗"和"谋略"，就是指隐瞒自己的真实意图，通过使对方接收片面或虚假的信息，实现自己的目的。三体世界存在"欺骗"这个词：

"你在欺骗元首!"军事执政官愤怒地对科学执政官说,"你闭口不提真正的危险!如果,质子被零维展开呢?"

也懂得欺骗的手段:

"是否向那个外星世界发送经过仔细编制的信息,设法引诱他们回答?"

"不,这更有可能弄巧成拙。好在那条警告信息很短,我们只能希望他们能忽略或误解它的内容……好了,你去吧。"

并且对地球人实施了大量的欺骗行为,如实行"神迹"和"染色"两个计划,以欺骗地球人并阻止地球科技的发展。

即便是企图拯救地球的1379号监听员也深谙隐藏之术,他告诉叶文洁"不要回答",正是想通过这种方式帮助地球实现隐藏。

因此,所谓的"三体不会欺骗",是三体人对地球人最大的欺骗。为了实施这个欺骗,在很多时候三体人还故意装得很萌很天真:

字幕:这种思维透明度的差别,使我们更坚定了消灭人类的决心。请你们帮助我们消灭人类,最后我们再消灭你们。

破壁人二号:"我的主,你的表达方式有问题,这种表达方式显然是由你们思维透明显示的交流方式决定的。在我们的世界里,即使表达真实的思想,也要用一种适当的和委婉的方式,比如你刚才的话,虽然与ETO的理想是一致的,但过分的直接表达可能会令我们的一部分同志产生反感,进而产生不可预料的后果。当然,那种适当表达方式你可能永远也学不会。"

从逻辑上来说,思维或"诡计"并不能天马行空、肆意汪洋,它总是有着严格的从 A 到 B 的结构关系。逻辑学或推理学在某种程度上也可以说是一门数学,识破阴谋诡计,也需要依据严格的推理,从矛盾中发现真相。以三体文明掌握计算机科学的程度,必然对于逻辑这门科学有着深刻的认识,怎么可能"不能识破"地球人的诡计呢?

三体世界统治阶级殚精竭虑,是因为这个世界存在强大的反叛力量。

三体世界的叛军

阅读提示：三体第一舰队一旦进入太空，就会脱离三体世界的社会控制。

如果生命的第一需求、第一目标就是生存和繁衍，那么，三体世界一定存在数量庞大的政府叛军。在三体元首任性地使用着权力、随意处置他人的生命之时，这些生命一定积蓄着反叛的能量。

反过来说，如果某种生命不将"生存"作为至高利益，那么这种生命就不会发展起来。

按照人类社会的马斯洛需求层次理论，人类需求像阶梯一样，从低到高可以按层次分为五种，分别是：生理需求、安全需求、社交需求、尊重需求和自我实现需求。

我们已知的个体 1379 号监听员具有这五种需求，可是在三体世界的社会结构中，这些需求他一种也实现不了，除了反叛，别无他途。

三体世界是否存在战争呢？智子对破壁人二号说："比如在我们世界的战争中，敌对双方也会对自己的阵地进行伪装。"可见三体世界也有战争。

有战争自然就有部队：

"一面反射镜，"元首冷静地说，"命令太空防御部队立刻摧毁它。"

可见，三体世界为了统治阶级的利益，有武装到牙齿的部队。同时，还有主管洗脑的宣传执政官和主管教化的教育执政官等政治宣教机构。

有军事，自然有不同的政治派别和敌对势力。不同的政治派别是由不同的利益诉求产生的。三体世界有哪些利益诉求呢？首先是生存需求，然后是安全需求，接着也有爱情、友情、地位、权力控制需求等各类复杂的需求。也就是说，三体世界虽然实行独裁专制，力求铁板一块，但由于利益诉求的多元化，又不可能实现绝对的控制和统一。

三体人的"思维透明"绝非天生，而是由绝对监控造成的。当针对每个公民的监视和监听无处不在时，统治者自然认为每个人的"思维透明"，没有任何思想上的"隐私"。在三体文明发展史上，也曾出现过与地球类似的文明，但这已成为三体世界的"文化禁忌"，被锁在了黑箱中：

"你向往的那种文明在三体世界也存在过，它们有过民主自由的社会，也留下了丰富的文化遗产，你能看到的只是极小一部分，大部分都被封存禁阅了。"

1379号监听员是反叛者的一员。他反叛三体世界的理由如此简单，仅仅是因为做了一个蓝色家园的梦，他不希望这个家园被摧毁，仅此而已。

他知道,发出信息意味着背叛和死亡。但他认为自己地位卑微、余生无几,不如做一件有意义的事。

然而,1379号的寿命却异乎寻常地长,一直活到了两百年后的威慑纪元。原因是元首认为:

"对你来说,脱水烧掉真是一种微不足道的惩罚。你老了,也不可能看到地球文明的最后毁灭,但我至少要让你知道你根本拯救不了她,我要让你活到她失去一切希望的那一天。"

监听员技能单一,地位不高,但毕竟衣食无忧,有个"铁饭碗",属于政府供养的"事业单位"。可想而知,还有大量的三体劳动人民连他们都不如,辛勤劳作还经常受到盘剥。

如果以监听系统的反叛者比例为平均比例来计算的话,三体世界可能存在的反叛者数量将非常庞大。监听站存在六千名跟1379号一样的反叛者,他们的结局是全部被处死。监听系统有"几十万人",如果以六十万人来算,那么三体世界的反叛人口比例为1∶100。如果三体世界的人口是六亿的话,那么,三体世界的反叛者就高达六百万人。这个反叛比例,不亚于任何一个人类暴政时期的反叛者比例,足以发动超级规模的世界大战了。

28G的三体文件如果是官方发给人类世界的,里面必定对三体元首进行了大量的美化与神化,是三体宣传执政官的作品。在这个作品里,六千名监听员心甘情愿地接受了脱水烧死的命令,而他们的挣扎,则被删减干净。

公开的反叛就是赴死,所以三体世界的政府叛军必定走向地下和隐秘。在传来地球文明的信息之后,三体叛军发现了一个新的机会,他们可以借助地球人之手实施破坏。比如对杨冬的计算机入侵行为视而不见,甚至提供帮助,其打击目标直指元首,他们几乎成功了。又如悄悄地向地球方面传递技术,壮大地球文明的力量,帮助地球对抗三体远征军。

在三体元首登上第二舰队开始远征后,三体世界分裂成三个世界:行星本土、第一舰队和第二舰队。虽然元首希望能够遥控另外两个世界,并通过智子有效监控两个世界的人们,但对于同样掌握高维技术并可以用电磁场捕获智子的三体同类,这种遥控随着距离的增加而迅速失灵。

其中的一支是第一舰队。第一舰队出发时,掌握着三体世界最先进的科技。地球向第一舰队主动发送了一个人类大脑,让第一舰队去研究人类思维。这种战略根本就说不通,哪有将自己人主动发给敌人让敌人去研究的? 但是,第一舰队迅速成为三体政府的反叛力量和人类的盟军之后,这就说得通了。事实上,云天明被送到第一舰队之后,以他的聪明才智很快成为舰队的首领。这时,第一舰队的反叛便具有了更加充足的理由。

第一舰队看似奔赴太阳系而去,但一旦脱离三体星系的控制之后,就迅速折向离开了。既不是飞回三体世界,也不是奔向太阳系,而是步入了茫茫的太空,走向一个不可预知的方向,他们控制的九个"水滴",也迅速转向。

这件事,发生在第一舰队即将进入太阳系之时,早已脱离三体元首的控制。他们为自己找到了一个完美的借口:罗辑即将发出针对两个文明的咒语。但这还是有明显的破绽,因为第一舰队的决定,做出得太快了。

"让水滴,或者说探测器,停止向太阳发射电波。"

"已经按你说的做了。"

球体的回答快得出乎预料,罗辑现在并没有什么办法去核实,但他感到周围的空间有了一些微妙的变化，就像某种因持续存在而不为人察觉的背景音消失了，当然，这也许是幻觉，人是感觉不到电磁辐射的。

"让正在向太阳系行进的九个水滴立刻改变航向，飞离太阳系。"

这一次三体球的回答稍微延迟了几秒钟。

"已经按你说的做了。"

上述没有经过任何研究过程、汇报过程就做出的巨大的战略上的改变，只能证明一件事：第一舰队改变航向，脱离三体世界，蓄谋已久，一直在寻找借口。而罗辑的出现，给了他们一个最好的叛变理由。

三体第二舰队却疯狂如初，沿着不变的路线，杀气腾腾地向着太阳系而来。

谍影重重云天明

阅读提示：因为三体内部出现的反叛力量，云天明到了三体世界后，并未受到虐待。

宝树的《三体X·观想之宙》以一本书的篇幅描述了云天明如何一步步融入三体社会进而功成名就，其故事内容基本符合地球人视角对这一事件的了解。至于云天明是怎么度过最初、最艰难的一段时光的，《三体X·观想之宙》以两段想象为基础进行了再创作。其中一段是程心的想象，另一段是云天明自己的想象，其内容是一样的：那些冷酷的异类会首先给他的大脑连上感官接口，然后进行各种感觉的输入试验，让云天明生不如死。这种想象也有一定的逻辑前提，因为三体人缺乏情感体验，他们应该很想知道人类情感诞生和运作的原理。

但综合整个"三体"系列来看，云天明的大脑被三体第一舰队获取后，更大的可能是立即受到礼遇，并很快成为三体社会的一分子，而根本没有受到任何折磨和虐待。他之所以能成功打入敌人内部，离不开行星防御理事会战略情报局（PIA）局长维德的精心筹划。

在《三体Ⅲ·死神永生》中，我们看到的是一系列偶然事件：年纪轻轻、并无不良嗜好的云天明患了癌症；接着，贫困的他意外获得一笔财富，进而买了一颗星星送给程心；紧接着，程心执行了劝说任务，使他被选中成为间谍；最后，阶梯计划虽然实施，但帆索偏离航向，却又幸运地被三体舰队截获，如此等等。

看起来，维德好像始终都在执行一个缺乏规划、缺乏目标、只能靠偶然性获胜的计划。但这跟维德的性格描述却是相反的，维德是一个目标坚定不移、富有远见、智商极高的人，他不可能把一个耗费全球大量资源的计划建立在一系列小概率事件上。我们认为，从云天明被选中开始，这一系列事件都是维德在设局，而这都源自他对28G三体社会信息的精心研究。

维德要选一个间谍到三体世界，但问题是，这个间谍只有在三体社会完全信任他的时候，才能成功打入敌人内部。而地球选间谍的过程，三体世界通过智子看得一清二楚。大家都看过谍战剧，间谍的身份是最大的隐秘，一旦被识破，就面临危险，根本不可能被敌人委以重任。所以，如何让三体世界信任这个间谍，是个非常难解的问题。

云天明被选为阶梯计划的执行人，在读者看来这是一个随机选择的结果，选了他，但也可能选其他人。但如果仔细读大刘的文字，你会发现，在阶梯计划出炉的那一刻，他就已注定要被送往太空。

云天明没有吸烟之类的嗜好，却突患肺癌，在之前的检查中并没有被发现：

他的肺癌被确诊时已是晚期，可能是被之前的误诊耽误了，肺癌是扩散最快的癌症，他已时日无多。

值得注意的是,在已知的技术中,有一些辐射或致癌物质,可以人为地使人患上癌症。

云天明在被确诊为肺癌之后,这个国家立刻颁布了《安乐死法》,而且是通过"特别会议"。"特别会议"表明是为了应对某种特别情况,专门召开的一次会议,既不是全体会议,也不是常务会议。这种并非刻不容缓的法律,大可以放在常务会议上讨论,但显然联合国行星防御理事会(PDC)已经等不起。

医生本不该给病人带来绝望,但张医生却让云天明看"安乐死立法"的新闻。几乎同时,云天明的姐姐也接受了劝说,打算让云天明安乐死,那么是谁在游说他姐姐? 要知道,安乐死在前一天才通过立法。我们仿佛已经嗅到一丝阴谋的味道。

这个阴谋,既要云天明心甘情愿赴死,又要让他对地球保留着深切的眷恋和希望。

这时,毕业后就再没联系的胡文出场了。胡文很容易被遗漏,但他是个关键人物。胡文给云天明一笔三百万元巨款,但他知道这笔钱挽救不了云天明的生命。事实上,胡文的到来只是为了向云天明提起程心:

> 胡文突然问了一个让云天明有些吃惊的问题:"你还记得大一时的那次郊游吗? 那是大伙第一次一起出去。"
>
> 云天明当然记得,那是程心第一次坐在他身边,第一次和他说话。

随后,云天明看到了电视上关于"群星计划"的新闻,这也许是个巧合,也许是联合国的阴谋,也许胡文就是联合国的工作人员之一。这时,云天明终于知道他要这笔钱有什么用了,他要送给程心一颗星星。

连程心的个人资料包括住址、电话也是胡文提供给云天明的,并且是当天询问、次日提供。要知道,程心此时在一个绝密的情报机构 PIA(行星防御理事会战略情报局)工作,全世界也没几个人知道她在哪里。

云天明在准备接受安乐死时,程心出现了,她的第一句话直接道破了立法的真相,"天明,知道吗?《安乐死法》是为你通过的"。但程心为何会知道呢?可见,一切都在筹划之中。程心对云天明的任何要求,他都无法拒绝,包括让他去忍受无尽的煎熬乃至死亡。这在胡文提起程心时,PIA 就知道云天明无法拒绝这个要求。

阶梯计划的候选人有七个。PIA 工作人员瓦季姆是一个比云天明更加合适的间谍候选人,然而,他死于非命。程心去调查了瓦季姆的死因,发现他是死于谋杀,先以射线导致其患白血病,然后制造交通事故使其溺水死亡。("瓦季姆是你杀的?"程心问,血从她的嘴角流出。"是,阶梯计划需要他……")程心调查瓦季姆患病的情况,说明她觉得瓦季姆得白血病是一件蹊跷的事情,很可能是人为的,目的在于使他成功入选阶梯计划。维德的回答也证实瓦季姆的死是他所为。但问题出现了:如果维德要瓦季姆死是要取他的脑子来执行阶梯计划,那就不可能出现尸体在水中浸泡一天才捞上来、让脑子泡坏了的情况;但如果维德要瓦季姆死是为了给更合适的云天明腾出位置,那这一切就可以说通了:维德放弃了已患白血病的瓦季姆。

另一个候选人乔依娜也让人难以捉摸。在 PIA 眼中,她是合适的候选人,但她很快就死了。候选人分明都处于严密的监控中,这时工作人员却发生了"失误",把她的大脑弄坏了。所以,最后只剩下唯一的候选人云天明。

云天明的大脑被送往太空后,出现了故障,一根帆索断了,于是球形舱和巨帆整个偏离了预定的方向,飞向茫茫的太空。这件事就此被人类遗忘。

但三体世界一定是一直看着地球人如何导演这场派谍大戏的,维德当然深知这一点。那么，维德的第一步，就是让人误以为，间谍是随机挑选的。他既没有过人智慧，也没有特殊本领，就是一个普通人。

第二步是苦肉计，让云天明生不如死，使他患上绝症，让他被最爱的人抛弃从而心如死灰。这苦肉计是给三体人看的，也是将来给云天明看的，因为云天明必然会通过三体人知道一切策划细节。云天明知道后，既可以认识到地球的险恶，从而全身心融入三体世界，又可以变得心坚如铁，在这个险恶的世界为自己的利益全身心地谋划和奋斗。

第三步是瞒天过海，故意偏离预定航向，使云天明驶向茫茫的太空，而不是直接奔向三体第一舰队。这主要是做给地球人看的，一旦地球人认为行动失败，就不会再关注这件事，那就是对云天明最大的保护。而三体世界则会认为捡到的是人类的一颗微不足道、早已被遗忘的弃子，从而最大限度地放下戒心，充分信任云天明。同时，这还有个附加效果，能够使三体舰队不得不花费更大的力气去获得云天明的大脑。

三体世界有太多理由信任云天明：三体文明是云天明的救命和再造恩人，云天明已经被地球抛弃，人类深深地伤害了云天明，并且，云天明跟地球已经失去了联系。

维德真正的神来之笔是发现和利用程心。利用程心说出自己的计划，利用程心让云天明彻底绝望，最后又把真相告诉她，送她星星的人就是云天明，让程心痛苦万分。这种痛苦，是维德乐于见到的。因为他知道，之后云天明也将会看到，而这必将成为云天明心底最柔软的一个部分。维德还通过云天明的同学给了他一笔巨款，理由牵强附会，但今后云天明将知道，这就是他的"间谍工作酬劳"。

明明"阶梯计划"已经"失败"，可维德还是把程心派到了未来，作为云天明的联络人。这是真正意义上的联络人，只要程心在，云天明就是维德的牵线木偶，维德就可以不动声色地遥控他。

那么,云天明是否已经在三体世界获得了权力、地位,是否还可能服务于地球的利益?维德需要测试。

他的测试手段很简单:暗杀程心。暗杀的理由是另一套说辞:阻止程心竞选执剑人。

如果云天明已经不爱程心,或者已经失去了人类的正常情感,或者云天明在三体世界没有获得任何权力、地位,那么,他就无法阻止维德的暗杀行动。

维德顺利地完成了测试。他发现一种外界无形的力量使他的子弹偏移方向,救了程心。维德连续开出三枪,表明他要置程心于死地。以他的枪法,不可能在如此近距离连续两枪打偏。唯一的解释是,子弹的弹道发生了不为人知的移位。于是他知道,云天明已经成功潜伏到三体世界内部,并且,拥有了一定的权力、地位。

维德完成了与云天明的沟通,但是,地球人看不出来,三体社会也认为地球人看不出来。

也正因为有云天明的存在,三体世界再多奇怪的行为都可以得到理解,比如摧毁地球战舰的"水滴",从地球身边近身掠过都不顺手消灭罗辑等。

我们来继续猜测云天明在三体社会的奋斗史。既然三体社会对云天明不再有戒心,并且很容易地接纳了他,那么,云天明靠什么才能在三体世界获得属于自己的一片天地呢?这好比说,你穿越到五百年后的世界,你靠什么在未来世界获得权力、地位?

要知道,"今穿古"的时候,由于掌握着更先进的知识和技能,因此具有先天优势;但"古穿今"之后,想在未来现实世界迅速站稳脚跟是不容易的。

这其中最大的变数是:截获云天明的是三体第一舰队。

之前分析过,三体世界绝非铁板一块,政权的稳定,始终是靠着暴力和专制维系。拥有一千艘战舰的第一舰队一旦远离三体世界,就变成了"黑暗战舰",三体元首实际上很难再遥控这支庞大的军队。这就如同太阳系发生黑暗战役的人类舰队,迅速变成了黑暗新人类。云天明到来后,在三体本土上已经被消灭的地球文明崇拜主义将迅速复活。

在质子展开第二次实验后,科学执政官与三体元首曾有如下一段对话:

（科学执政官）"我得承认,地球文明在三体世界是很有杀伤力的,对我们的人民来说,那是来自天堂的圣乐。地球人的人文思想会使很多三体人走上精神歧途,三体文明在地球已经成为一种宗教,而地球文明在三体世界也有这个可能。"

（三体元首）"你指出了一个巨大的危险,应该严格限制来自地球的信息流入民间,特别是文化信息。"

地球文明对于第一舰队而言当然同样是禁忌,只有少数人知道地球文明究竟如何。但所有人对地球文明都充满幻想,认为那是一个拥有稳定轨道的美丽的蓝色星球,是梦中的家园。在上百年的漫长航程中,三体本土的思想文化控制会越来越弱,而禁忌的文明必定成为人们最乐于谈论的话题。因此,对于送往太空的云天明的大脑,第一舰队自然是不惜代价也要截获的。

云天明很快被第一舰队复活,并还原了他的身体。光辉灿烂的地球文明之光照进了三体第一舰队,地球文明成为一种宗教,教主就是云天明。

云天明做得最多的工作就是写故事。这些故事在我们看起来是童话,但对于缺乏文化、没有故事的三体舰队来说,这些就是真实发生过的人类历史,或者说,这成为一部分崇拜地球文明的三体人的"圣经"。专制、单一的三体文化对于地球文化的入侵毫无免疫力,正如古罗马人被古希腊文明征服一样。地球文明并非只有爱和包容,权谋与斗争也是地球文化的主题之一。特别是地球文化所崇尚的价值观——"生命诚可贵,爱情价更高。若为自由故,两者皆可抛"——经过一段时间的扩散,将使第一舰队彻底与三体本土决裂。

云天明有一个患晚期肺癌的身体,而癌的本质,是癌细胞不死。正常人的细胞分裂大约四十代后就停止,癌细胞却可以无限代地分裂下去。我们可以想象,云天明的细胞被三体世界复活还原后,他或许拥有了一个不死的身体。这就是几百年后程心仍然可以见到云天明的原因。不死的云天明看着一代代三体人成长,他就算无所作为,身为一个长者,一个历史见证者,一个知识渊博、技能丰富的人,他也不可能不受到最大的尊敬。第一舰队也许正是因为云天明的存在,才实现了技术爆炸,拥有了制造小宇宙的本领。

我们再回顾一下云天明的特殊性和唯一性。

维德需要的这个间谍,首先必须身患癌症,由于早期癌细胞未扩散至全身,因此此人必须处在癌症晚期。癌症对于三体元首来说,具有"研究生命、细胞永生"的意义;若非如此,三体元首不会同意第一舰队耗费巨大资源去取得云天明的大脑。

其次,这个人选者必须有一定的航天技术基础,否则将无法为人类传递有意义的技术情报。

接着,他必须有所牵挂。最强的牵挂就是爱情,所以他的这个"牵挂"将必须进入战略情报局冬眠。

最后,这个人的命运越悲惨越好,彻底被人类抛弃的人将最可能在三体世界获得信任。

当时,全球符合上述全部条件的,也许只有云天明一人。

疯狂的三体元首

阅读提示：三体元首的寿命很有限，诞生下一代的前提是牺牲自己，但如果能模仿人类生殖模式呢？

一、元首获取最高权力的方式

我们知道，三体人正常寿命只有七十万至八十万个三体时。普通人可以选择脱水看到未来的世界，因此可以活很久。但是三体元首能冬眠、脱水吗？根据推理，我们知道不能。因为三体元首几乎是一切事务的独裁者，一切权力的集中点，一切决定都要由他一个人做出。三体社会不是集体领导制，也不是法制社会，所有的执政官都是元首的附庸。在这个由极权控制的社会，元首脱水一日就会天下大乱，所以他需要每时每刻保持清醒。

与此同时，三体元首作为三体人，权倾天下却寿命有限，他真的甘心"寿终正寝"吗？

分析之前，我们先来研究一个问题——三体元首是如何当上元首的。

三体社会已知是君主专制，类似中国古代的帝王社会。元首生杀予夺，具有至高无上的权力和调用资源的能力。三体政府给人民洗脑的说法是：只有独裁制才最适合三体人民，民主和人文思想不适合三体星球的"球情"。他们的宣传执政官声称，这就是最符合三体"球情"的制度。

最高元首权力的来源，可以简单分为两类：一类为他人授予，一类为自己夺取。自己夺取，主要是依靠暴力和军队取得，计谋、策略也归入此类。

三体星球没有民主制，因此元首不可能是经由和平选举产生，也不太可能是禅让产生，禅让依赖于君主个人崇高的人品，具有偶然性，无法成为制度经久流传。

那么，有无可能是世袭制呢？

很多读者认为，三体元首的权力是自父辈继承而来。但通过分析可以知道，三体元首也不可能是世袭制的。中国古代的君主世袭制度之所以可以延续，是因为它是符合逻辑的：皇子会受到用最高皇权进行保障的、良好的君主教育，因此成年后能够成为一个合格的君王；而此时皇帝老去，皇子将正好在年富力强的时候继任。

但是，这个逻辑实际上隐含了两个基本条件或者假设：

（1）一定会产生一个"皇子"，也就是说，皇帝一定要生出一个儿子。一旦皇帝生不出儿子，或是像明朝正德皇帝那样，还没生出儿子就去世了，皇位的继承立刻就会成为大问题。

（2）君主最好能够寿终正寝，这样他的儿子正当壮年，继承皇位也没问题。如果君主非正常死亡，而皇子正值幼年，这种继承会遇到大麻烦，就像东汉末年全是"幼帝"，所以天下大乱。

由于皇子可能很多，为了强化帝位的合法性，人们又加了一个条件，那就是继承皇位的必须是嫡长子，也就是正妻生出的第一个儿子——除了出身"正统"，一般而言，他也是经过了最长时间君主教育、同时也是最年长的一个,理论上最适合继承皇位。这样,继承人就有了公认的唯一性。

然而,三体人的生殖方式是男女结合为一体,然后分裂为三至五个幼小的生命体。如果是世袭制,那么,这三至五个小生命会具有同等的继承权。要知道,合法继承人的数量一旦超过一个,就会有无数的麻烦。三体社会既然不是选举制,那么,在小生命里选一个当元首显然既没有可行性,也不是好主意。

更大的问题是,由于三体人的生殖方式特殊,"皇子"在需要继承皇位的时候总是还很幼小。即使继承者被选出,他如此幼小,也根本无法亲政,必须由大臣辅佐,而掌权的大臣很容易篡权弑主。从根本上看,世袭制是一个无法符合三体"球情"的体制,无法构成制度。

所以,元首最可能获得权力的方式便是通过暴力夺取。每一届元首,都依靠自己业已获得的巨大威望,依靠强大的武力夺取权力,就像自然界的猴王继承一样,谁是元首,仅仅看他的拳头是否足够硬。

其实,这种方式也最符合三体世界的实际情况。每个元首夺得政权后,必然竭力加强政治、思想、文化全方位的控制,以防止权力再被其他人用暴力或阴谋夺取。

也正因如此,我们看到的三体元首,雄才大略,智计卓越,属于秦皇汉武、永乐康熙之类的千古一帝。也许每个三体元首都是如此人物,否则不足以登临大位。

三体元首希望开疆拓土,建立不世功勋,他建设了庞大的三体远征舰队,调集全球的资源制造智子,他任意挥洒着权力带给他的快感。然而,他却面临每一个千古帝王都最为苦恼的问题:他的生命是有限的。三体人的寿命最多只有八十万三体时,普通人可以通过脱水跨过漫长的岁月。然而作为元首,他不能脱水冬眠,他冬眠的后果只有一个:被继任者拿出来烧了。继任的元首无论是谁,都不会允许在世界上还存在另一个元首。

由于元首必须依靠超高的威望和强大的武力取得最高权力,因此,三体元首登上帝位之时,年龄必定不小。1974 年,三体世界第一次接到地球发来的信息时,三体第一舰队已快建造完毕。可见,此时元首已经牢牢地把控了权力,我们就保守假设此时他的年龄相当于地球人四十岁吧。那么到了 2007 年,危机纪元元年之时,元首已经是相当于地球人七十多岁的高龄,距离卸任不远了。

本来,元首可以就此找一个异性结合并产生下一代,权力自此与他无关,这种结局也无可厚非,甚至相对于人类的权力交接来说算得上相当平和。可是,此时出现了一个最大的变数:地球文明的侵入。

地球文明不只对于小小的监听员是一个梦想,对于三体元首来说,同样是一个美丽的梦。

首先,地球文明男女结合后,男女只有快感没有痛苦,更不会就此死亡消失;其次,下一代的产生,并不需要上一代消失,两代人可以同时生活得很好;再次,地球人只要有足够的权力,就可以让自己的后代继承皇位,血统与权力可以永远延续。

既然生存是生命的本能,扩张也是宇宙生命的本能。那么,没有理由不相信,三体元首在接触到地球文明之后,不会绞尽脑汁地模仿和学习地球文明。尤其是对于一个年迈衰老的君主来说,多么疯狂的举动都是合理的。

二、三体问题有解

徐福跨海远行,是为了寻秦始皇的长生不老之药;张骞出使西域,原本是为了联合大月氏抗击匈奴;郑和的远征,是为永乐皇帝查找建文帝的影踪。在独裁统治下,很多庞大的、看似有利于全体人民的宏伟工程,其初衷或许不过是为了满足当权者的一己之私。

三体舰队跨越四百年的时空远征地球,其真实目的是否也跟上面的事例类似,只是为了满足君主个人的私利,而"拯救三体人民"仅仅是一个副产品?

这种可能性是存在的。

在讨论这个话题之前,先要探讨的问题是:"三体问题"是否真的无解?

作为一个数学问题,"三体问题"的确无解,但作为一个现实问题,实际上就是解决乱纪元的问题,方法有很多种:

(1)以三体世界进行远征时的实力,完全有能力摧毁恒星,只要等三星之一运行到远离双星之时摧毁,对自己行星也不会产生太大影响。在《三体Ⅲ·死神永生》中,地球观测三体第二舰队时,发现"引擎产生的能量比恒星还高两个数量级",可见此时,三体世界已具备摧毁恒星的力量。

(2)以三体世界的科技能力,也足以改变行星的运行轨道,这也是地球人已具有的手段。三体问题的不可解只是在于不可建立方程,但是当天文学发展到一定程度,就可以对三颗恒星进行非常细致的观测,可以很完美地预测一段时间内(比如一年中)恒星运行的动态。只需要将行星不时地"挪位",就能很好地避免"乱纪元"。这就像人类无法对天气系统建立方程,但是却可以很好地预测一周乃至一个月之后的天气情况。

(3)以三体世界的科技能力,完全有能力制造出一种覆盖物质把整个行星包裹起来,使行星无惧严寒,也无惧酷热。无论是否是乱纪元,在这个行星上,永远都是四季如春。这也是科技被锁死的"地球虫子"在一百年后就发展出来的技术,三体人要做到这一点可以说轻而易举。大刘的《流浪地球》里讲到另一种技术,就是将整个星球推离恒星系统,并驶入另一个恒星系。相信以三体人恐怖的技术实力,应该也可以实现这一点。

既然三体问题有解,那三体入侵地球,就可能另有理由。有人提出一个理由,认为在"黑暗森林"状态下,三体星系和太阳系彼此是必然的死敌,如果不消灭地球人,在地球的科技发展之后,难免不被地球消灭。对三体人来说,在无法判断地球的善意、恶意之前,不如先行消灭之。但事实上,这个理由并不成立。三体世界将智子发送到地球之后,便可以与地球建立实时对话,并且随时监控地球的情况。地球文明是否善意,完全可以分析出来。从威慑纪元双方的科技、文化等全方位的交流来看,几乎实现了和平相处。"黑暗森林"成立的前提是遥远的距离带来的通信不便和"猜疑链",而智子的存在使双方的沟通已无障碍,因此有效地解开了"猜疑链"。

还有观点认为:三体入侵地球,是因为三体人觉得"地球虫子"喜欢乱弹恒星广播坐标,这很可能将两者都给暴露了,所以欲灭之以保护自己。这是说不通的。消灭地球,几颗"水滴"足矣,何苦要第一舰队、第二舰队几千艘战舰集体出动呢?后来又有一种观点,认为三体文明一直在苦心教导人类成长,教导人类学习"黑暗森林"理论。可是从后来将人类赶到澳大利亚并且逼迫"人吃人"来看,三体文明对于地球绝无善意。

既然各种表面理由都不成立,那么远征是否能解决三体元首自己的问题呢?答案是可以。

第一,接近光速的航行,可以使统治时间变相延长。三体元首没有随第一舰队出发,而是选择了第二舰队,因为第二舰队实现了光速航行。如果原本可以再统治三体世界三十年,光速航行可以使统治时间瞬间延长三百年乃至三千年,只要航行速度足够接近光速。

第二,通过获取和研究人类的基因库,再通过基因的嫁接和转移技术,使三体人发生变异,改变生殖方式,在繁衍下一代时,上一代不必再以付出生命为代价。如果进行变异,既有了后代,而元首自己也不必死去。

也就是说,通过远征地球,三体元首可以永久性地保持自己的地位、权力乃至生命。在他逝世前,甚至还可以培养自己的后代直至其成年接班。

不过,这一切都建立在一系列前提之上:首先,三体第一舰队要成功获取人类基因,并对基因展开分析;其次,在短时间内获得重大科研成果,并将成果告知元首。

可是,第一舰队叛变了,元首"长生不死"的计划就此落空。

1379 号监听员的梦想

阅读提示：三体世界的第六任元首，不是别人，正是曾经卑微的监听员。

有这样一个监听员，他窃取公司机密，背叛了自己的祖国，虽然成为去国离家之人，但他获得了全世界人民的同情，并且多次提名诺贝尔和平奖。他就是前美国中情局雇员、"棱镜"计划的泄密者斯诺登。斯诺登曾是小人物，现在他在全球范围内却拥有了大批的粉丝，其中包括很多美国人。

1379 号监听员虽然背叛了三体世界，但他却一直活到了威慑纪元（公元 2200 年后）。根据之前分析，三体元首不能脱水，必须一直清醒，所以元首的寿命最多只有八十万三体时，而他的执政时间最多只有五十个地球年。这样算下来，1379 号监听员将在他的一生中经历如走马灯一般更换的众多元首。

建造智子、决定向太阳系进发的三体元首，在 1970 年时，已经拥有至高无上的权力和巨大的威望，所以我们可以保守估计他已在位十年，年龄相当于地球人的四十岁。那么,四十年后(即2010年),他已经在位五十年,年龄相当于地球人的八十岁。按照三体人的寿命,他已是垂暮之年。换句话说,当地球进入危机纪元初期时,三体世界的一些政策变化,比如对待ETO的政策变化,可能是下一任三体元首(后文相对地简称为"二任元首")所为。

二任元首的执政方针与前任差别不大,仍然是进攻太阳系,执政时间预计为2010年~2060年。在他的任期中,地球实施了"阶梯计划"。元首的攻击措施是在地球制造大动乱,造成多达五十亿人的人口大灭绝,史称"大低谷时代"。

三任、四任、五任元首的执政时间预计为2060年~2210年(此种预计为大略估计,实际情况当然十分复杂,元首理论上可以做五十年,但也有可能只做一年,还有可能做到六十年,我们仅取最理想化的估计)。在此期间,三体世界用"水滴"攻击太阳系舰队并将其全部摧毁,消灭地球人类指日可待。同时,地球度过了大低谷,进入"第二次启蒙运动、第二次文艺复兴"。在长达两个世纪的时间中,通过智子观察到的地球文艺复兴影像源源不断地进入到三体世界。由于第一、第二两个舰队并无自然生存危机,不再视地球文化为禁忌,因此三体世界开始逐渐接收、学习、模仿地球文明,并向地球的人文文明转化。

如此看来,第六任元首极可能是通过民主推举上任,而不再是通过武力夺取政权,其执政时间预计适逢地球的威慑纪元。在此期间,三体文明已经因为量的积累而发生了质的改变,并发生了一件大事,即成功拦截和复活了云天明。

云天明的出现,使三体人的精神世界发生了大分裂,在政治上也形成了以进攻太阳系、消灭人类、信奉专制独裁为纲领的"鹰派"和以与太阳系人类共存、信奉民主自由为纲领的"鸽派"。也是在此期间,地球和三体世界实现了短暂的和平相处,并在文学、艺术、科技等方面进行了密切的沟通与交流。

在《三体Ⅱ·黑暗森林》的结尾,也就是威慑纪元 5 年,1379 号监听员出现了。他向罗辑博士抗议他的一段演讲,他说:

"至少我知道三体世界也是有爱的,但因其不利于文明的整体生存而被抑制在萌芽状态,但这种萌芽的生命力很顽强,会在某些个体身上成长起来。"

……

"不过我真的看到了自己想看的未来,我感到很幸福。"

根据以上一段内容,对 1379 号监听员,我们至少可以有两个推测:

(1)1379 号监听员有权随意调用智子。其随意性表现在可以观察一段对两个世界并无任何意义的公开演讲,也可以用来聊天。智子是一种极度稀缺的战略资源,在两个世界仍然处于敌对状态的情况下,它要监视每一个引力波发射器,又要锁死地球科技,极为繁忙。而 1379 号监听员竟然可以随意调用,这表明他已经拥有了巨大的权力或威望。一种颇为可能的推测是,1379 号监听员已经被民主推举为三体元首。

(2)1379 号监听员的梦想已经实现;反之,第一任元首的希望则落空。元首当初之所以没有杀掉 1379 号而是保留他的生命,就是希望他看到,未来三体文明征服了地球,而地球文明将失去一切。但 1379 号监听员则希望两个世界和平共处,让世界充满爱。

1379 号监听员在与罗辑通信时表现得从容、自信,他的自信来源于越来越多的粉丝和追随者。他是联系地球的第一人,是当之无愧的"教主"。

我们再回头来看 1974 年时的 1379 号监听员。此时,他已经活了六十万个三体时,而"如果在五千个三体时之内还找不到工作,他也将面临强制脱水后被焚烧掉的命运"。这意味着他已经被监听站下达了解雇通知,要求他下岗再就业,找工作的时间只有半年。监听员的技能很单一,只是一些程式化的操作和维护,很难找到别的工作。

向地球发出警告信息后,六千个监听员被牵连,脱水焚烧,而"罪魁祸首"1379号监听员却安然无恙。元首希望让监听员看到未来——荒谬的是,他自己却无法看到未来,他必须一直工作,不能脱水。我们猜想的一种可能是:1379号监听员的故事也许瞬间传遍了整个三体世界,就如同前美国中央情报局(CIA)雇员、美国"棱镜"计划揭露者斯诺登一样。虽然,1379号监听员被公认为背叛了整个三体世界,但他却代表了一类追求自由和独立的群体。这类群体斩不尽、杀不绝,如果断然处死,可能引起全球性的谴责,不利于政治的稳定。鉴于此,1379号监听员一直活了下来,并且活到了威慑纪元,看到了两个文明的和平相处。

威慑纪元初期,三体世界把中微子和引力波广播技术传授给了地球人,也就是把自己的命门交给了地球人,使地球人本来非常低效、同归于尽式的广播手段,变成了单向、高效的广播。这种明显不利于三体文明的做法,原因仅仅在于三体世界的元首换了,执政思路也改了。

然而,在程心当选为执剑人之时,正是三体世界第七任元首在任时。这个新的元首也许不满"鸽派"的政策已久,迅速展开了入侵太阳系、灭绝人类的闪电行动。

神秘组织"未来史学派"

阅读提示:"未来史学派"一手策划了星舰地球的成立。

"未来史学派"是以章北海的父辈为代表的一批科学家、政治家、军事家组成的顶尖研究组织。章北海介绍时说:

"首长,您低估了他们,他们不但预言了大低谷,也预言了第二次启蒙运动和第二次文艺复兴,他们所预言的今天的强盛时代,几乎与现实别无二致,最后,他们也预言了末日之战中人类的彻底失败和灭绝。"

章北海所走的每一步,包括刺杀航天专家、在人类充满胜利信心的时候选择逃亡等,都来源于他的父亲:

"……这个计划从见父亲最后一面时就产生了,他用最后的目光告诉了我该怎样做,我用了两个世纪来实施这个计划。"

决定刺杀工质飞船专家时,他想到的是:

航天界那三个关键人物的死,并不能保证无工质辐射推进飞船成为主要研究方向,但他做了自己能做的,不管以后发生什么,在父亲从冥冥中投下的目光中,他可以安心了。

在决心逃亡时,他感觉到:

即使独自悬浮在无际的太空中,他也没有一人独处的感觉,父亲的眼睛在冥冥之中看着他,这种目光每时每刻都存在,像白昼的太阳和夜里的星光,已成为他的世界的一部分。

……

章北海感到父亲的灵魂从冥冥中降落到飞船上,与他融为一体,他按动了操作界面上那个最后的按钮,心中默念出那个他用尽一生的努力所追求的指令:

"'自然选择',前进四!"

从上面的引述可见,章北海的一切行为,从来不是他自己凭空"想"的,而是一直来自于父亲。章父反复强调让他多想,不是为了欺骗三体世界,而是需要对地球文明隐藏自己的真实想法。

"未来史学派"既然已经预测到末日之战以及人类的大溃败,而这个结论章北海也必定知道,那么应该怎么做就很显而易见了——那就是:改"阵地战"为"游击战",打得赢就打,打不赢就跑,跑了才能赢得一线生机。这也是中国革命战争时期得到验证的战术思想。章父应该没有明确授意北海具体怎么做,事实上未来遥远,即便授意也无益,只能在明示"未来将发生什么"的基础上,反复强调,让北海多想、多思考。

"未来史学派"是一个超级牛的神秘组织。除了章父,我们认为,该学派的成员还有两人,那就是 PIA 主席维德和联合国秘书长萨伊,全是大神级人物。他们之所以能够做出如此精确的预言,是因为他们掌握了大量的关于三体世界的信息。而这些信息,基本都来自于 ETO 从三体世界获得的信息。人类之所以长期不剿灭 ETO,也正是为了通过 ETO 源源不断地获得关于三体世界的技术和社会情报。

既然"未来史学派"的各位大神都已经预见到未来人类的大溃亡,那就不可能不对未来做出安排。当面对黑暗战役时,章北海决定把机会留给褚岩,这时:

> 父亲的目光又在冥冥中出现了,像是来自宇宙边缘的穿透一切的射线,章北海感到了他的注视,他在心里说:是啊,爸爸,您真的不能安息,没有结束,一切又都继续下去了。

"一切又都继续下去了"意味着,章父不仅预测到了章北海的星际逃亡,还预测到了即将发生的黑暗战役。并且,章父对于黑暗战役可能做出了明确的指示,那就是:你的任务到此为止,下一步有其他人接替你,他才是最佳的人选。

由此后的情节我们可以看到,从褚岩主动要求追击,"蓝色空间号"后发制人完胜其他飞船,到在被"万有引力号"追赶过程中的镇定自若,摧毁三体世界的"水滴",最终决定发送引力波宇宙广播毁灭两个文明,在这一连串的事件中,他始终都有着非常明确的目标,思路极度清晰。

其中最不可思议的就是利用四维碎片摧毁"水滴"。我们知道,四维碎片来自我们称为"碎片文明"的世界,但"碎片文明"这个孤独的个体面对强大的三体文明时,最终选择了退让,直至退出太阳系,飘荡在遥远的宇宙空间。

"蓝色空间号"在空旷的宇宙中偶遇"碎片文明"的概率,如果计算的话必定低于亿亿分之一,空间过于巨大,而目标过于渺小。如此低概率的事件发生了,只能有两种解释:一种解释是四维碎片无处不在,很容易遇到;另一种解释就是,两者都是有目的、有意识地互相接近。结合到褚岩的"一贯正确",可以认为,后者才是真相。

这么一来,如果将以上的各种线索综合起来,就能形成一个完整的图景了。

首先,人类科学家和政治家的精英,如章父、萨伊、丁仪等人,在打击ETO的过程中,获得了超量的关于三体世界社会、政治、文化、技术等方面的情报。为了吸引更多专家参与对情报的解读,研判未来形势,做出对未来的安排,他们成立了一个组织——"未来史学派"。"未来史学派"对外宣称是松散型研究组织,实则有着非常严密的组织架构。同时他们也具有严谨的纲领,那就是拯救未来人类。

在研究过程中,"未来史学派"注意到地球上存在的另一股外星文明势力,就是"碎片文明"。"碎片文明"力量比较单薄,在与三体文明的对垒中已经退出对太阳系的争夺,但却拥有先进的科技,尤其是高维科技。虽然不知道高维科技当时有何用处,但他们发现三体世界对之十分忌惮,直到三体世界自身也掌握高维科技之后才敢远征太阳系。那么,如果人类与"碎片文明"接触,必定可以找到一些克制三体武器的技术。当时"碎片文明"已经远离太阳系,人类只能在具有恒星际航行能力时才可能与其接触。

接着,"未来史学派"做出了一系列对于未来的安排,其中最关键的是两大安排:一是选定章北海,让他在未来带领星舰逃亡;二是选定褚岩,让他一生致力于发现"碎片文明"的踪迹,并研究四维空间的特性。

正因如此,褚岩一看到章北海的逃亡,立即请缨追击,并一去不返。摧毁其他星舰,是他既定的使命,所以他没有犹豫,时机成熟立即行动。在地球与三体文明的和平时代,他当然不会返航,他另有使命。在太阳系与三体世界联合对"蓝色空间号"进行追击时,他按照早已规划好的既定路线,向着"碎片文明"制造的四维空间而去。一旦相遇,他就在智子的监视之下,神不知鬼不觉地完成了与四维空间的接触,并利用其顺利地摧毁了"水滴"。

实际上,追击章北海的飞船多达六艘。

追击舰队在"自然选择号"离去后四十五分钟才起航,木星系统再一次被六个太阳照耀……追击舰队的聚变发动机发出的六点暗弱的星光……那六艘战舰的吨位都只有"自然选择号"的一半。

但奇怪的是,最后出现在章北海面前的却只有四艘。我们根据分析认为,还有两艘在启航后立即就飞向了茫茫的星际空间,根本就没有执行追击任务。这也可以证明,"未来史学派"对未来的安排中,早就有逃亡的计划,一旦有了合适的时机与理由,他们就会迅速脱离太阳系。

试想,如果不是早已筹划成熟,褚岩遇到四维碎片,智子观察得一清二楚,"水滴"会在一秒钟内摧毁"蓝色空间号",怎么可能给褚岩临时筹谋的时间。

最终,终极大神褚岩,带领星舰人类走向宇宙深处,将人类光辉灿烂的文明推向神级,名列宇宙生死簿。

下面再说联合国秘书长萨伊,另一个很容易被人忽略的大神级人物,

"未来史学派"成员之一。她于2006年上任,履职伊始,就打击"科学边界"、抓捕叶文洁、消灭伊文斯、捣毁第二红岸。在这些行动中,她协调了各大国力量,组织多个国家的部队联手完成行动,并且将全球划分为了二十多个"战区",萨伊杰出的领导才华可见一斑。

"面壁计划"是萨伊的又一杰作,从计划诞生时就受到国际社会的强烈反对,而她依然铁腕实施了该计划。面壁者罗辑,是萨伊仅凭"ETO刺杀罗辑"这唯一一条理由,排除众议单独指定的。在"面壁计划"受到重大挫折时,她又劝说面壁者冬眠,直抵未来。在罗辑想撂挑子不干时,她劫持庄颜离开罗辑,并说服罗辑承担面壁者的责任。

更重要的是,罗辑后来领导的"雪地工程",无论怎么看,都似乎是联合国(此时的面壁计划联系人是希恩斯,原面壁者)预先设计好了大局,然后心照不宣地让罗辑承担起了责任。事实上,除了能够使太阳闪烁[①],"雪地工程"并没有其他意义,而在布局完成后,"雪地工程"便自动终止。在这里,"未来史学派"很可能施加了影响,促成罗辑来领导一个根本不存在的"雪地工程"。

四个面壁者看似方案各异,但实际上都是针对同一个主题展开:失败和逃亡。为什么坚定的抵抗者不能当选为面壁者? 这当然也是受萨伊的影响,她认为人类必须面向星辰大海,必须迈向太空。萨伊在离任之后,也一直推动着"逃亡主义"。

曾连任两届联合国秘书长的萨伊,在离任后发起了人类纪念工程,目的是全面收集人类文明的资料和纪念实物,最后用无人飞船发向宇宙……行星防御理事会认为人类纪念工程可能助长失败主义情绪,通过决议制止

---

①这也不是一个新鲜的主意。早在20世纪,阿西莫夫就指出,太阳可以被人为地包裹起来,通过闪烁来传递信息。

了它的进一步发展,甚至把它等同于逃亡主义。

而在几百年后,我们发现,只有迈向漆黑的太空,人类才有一线生存的希望。最为坚定的逃亡者,都是萨伊曾经领导的战士,如章北海、褚岩、维德等人。

萨伊的很多决策,都直接影响了几百年后乃至太阳系毁灭后的人类世界。同时期的"群星计划""阶梯计划"都是萨伊提出的,并且她也是直接的推动者和参与者。

以上种种证据都表明,萨伊必定是"未来史学派"的成员之一。而且她的很多计划,也都是配合"未来史学派"对于未来的预测而提出的。

罗辑在太阳系末日,突然对程心提起了萨伊("你记得萨伊吗?"),并提到萨伊的另一个杰作"墓碑计划"。"墓碑计划"的意义是为人类保留了最后的文明。

罗辑深情地回忆:

"那也是个美人,这些年我也常想起她。唉,真的是四百多年前的古人了吗?"罗辑双手撑着拐杖长叹,"是她最早想起这事,提出应该做些事,使得人类消亡以后文明的一部分遗产和信息能够长久保留。"

总之,萨伊在任期间,所有针对三体世界的计划全部都成功实施了:"古筝行动"胜利围剿ETO,"面壁计划"成功威慑三体世界,"阶梯计划"成功将云天明送入三体世界内部,"群星计划"成功地为人类保留了一块新大陆,"墓碑计划"也成功地将人类的文明留存在宇宙直至宇宙灭亡。

萨伊的为人绝非她的样貌那样娇小柔弱,其冷血无情只有维德堪与之相比。她领导下的联合国和行星防御理事会,不再是一个协调机构,而是一个世界政府。面壁者所需要的任何资源,联合国此时都能够提供,这超越了个体国家的存在。美国多年来束手无策的恐怖分子,萨伊领导下的联合国轻易地为泰勒找到了,并安排他们近距离地对话;萨伊需要云天明安乐死,中国为此进行了特别立法;萨伊需要云天明当选,维德不惜刺杀其他竞选者;萨伊需要罗辑工作,她亲自绑架了庄颜。

可惜,萨伊之后,再无大神。其后的联合国愚蠢而傲慢,几乎抹杀了萨伊之前的一切努力。由此,联合国政府给人的印象就是蠢笨、柔弱、无力,人们也因此几乎忘记历史上曾经存在过一个如此见识卓著、眼光深远、铁血征伐的领导者了。但萨伊等"未来史学派"的精英们为未来所做的一切,挽救了人类,最终让离开了太阳系襁褓的人类,名列宇宙终极文明的"封神榜"。

章北海的墓地

阅读提示：四维碎片空间也许需要量子灵魂激活，"魔戒"也许需要一个活的生命体激活，章北海等人将生活在另一片遥远的宇宙空间里。

众所周知，人是由四十万亿至六十万亿个细胞组成的，这些细胞分布于指甲、骨骼、头发等人体的任何地方。而每个细胞，又是由最初的一个原始细胞分裂而来，只是分裂之后的细胞因为其DNA指令的不同，构成了千变万化的功能性细胞，有的指令生长为骨骼，有的驱动生长为皮肤。但是这四十万亿至六十万亿的任何一个细胞里，都含有一份完整的人体DNA拼图，或者说是基因。由于每一个细胞又都包含有上一代的遗传信息，而上一代细胞又含有上上代的遗传信息。以此往上无穷追溯，可以说，任何一个细胞，都包含有自生命诞生以来的遗传信息。

如果以合适的方法，基因可以被保存几万年乃至上亿年，比如恐龙蛋化石①和琥珀等。在不远的未来,或许人类就能够提取里面的生物基因,甚至还有可能将该生物复原出来。

"量子号"被"青铜时代号"消灭后,"量子号"的队员成为食物被吃掉,其墓地空空如也。但"蓝色空间号"却为四艘被消灭的战舰上的人类搭建了墓地,完好地保存了全部死者的遗体。

"蓝色空间号"把已被切割成多段的三艘战舰的残骸围成巨石阵的形状,构建了一处太空陵墓,在这里,为黑暗战役中的全体死难者举行了葬礼。

……飞船巨大的残骸像山峰般围成一圈,残骸上被切割的裂口像漆黑的大山洞,四千二百二十七名死者的遗体就放在这些残骸中。

……一盏小小的长明灯亮了起来,它是一个只有五十瓦的小灯泡,旁边还有一百个备用灯泡,可以自动替换损坏的灯泡,长明灯的电源来自一个小型核电池,可以连续亮几万年。

……一小时后,太空陵墓被"蓝色空间号"加速的光芒最后一次照亮,陵墓将以光速的百分之一滑行。

事实上,由于"蓝色空间号"获取了四舰的全部资源,其中自然包括超量的食品,并且他们还有生产食品的能力,完全没有必要去吃人。

根据以上记叙,我们可以得出如下几个推论:

(1)在外太空普遍低于零下二百摄氏度的冰寒环境中,全部死者的遗体相当于被冷冻。考虑到云天明仅仅一个大脑就可以变成活生生的人,那

---

①1995年,北京大学生命科学院宣布他们成功地从一枚特殊的恐龙蛋化石中获得了恐龙基因片段,这是人类首次从恐龙蛋化石中获得恐龙的遗传物质,但随后引发大量争议,其他专家认为该实验是失败的。

么这群处于极度低温环境中的遗体,只要被一个高级文明(实际上是任何太空文明,因为零级文明的人类就可以)发现,然后提取每个人的基因,这群人就会被"复活"或克隆。

(2)就算他们没有遇到外星文明,也会被后来科技高度发达、在整个银河系四处晃荡的"蓝色空间号"上的星舰人类找到,因为墓地的方向恒定,想要找到并不难。何况"蓝色空间号"在一百多年后就实现了光速飞行,他们的第一件事可能就是寻找这些曾经死难的战友。

(3)墓地飞行的速度高达光速的百分之一,可谓是一个非常快的速度,穿越的宇宙空间以光年计。墓地不是天然星体,在这么广袤的空间和无穷悠久的岁月里,总会碰到一些古怪的空间或者文明,如果在一千万年的岁月里碰不到任何一个文明,那反而是件奇怪的事。

(4)墓地的行进方向,跟"蓝色空间号"的方向一致、路径一致,基本是伴随左右。

下面说说墓地的大小,其尺寸直接关联着一个重大的秘密。

墓地是三艘被切割的战舰合围而成。书中对于"自然选择号"的尺寸描述为"体积相当于三艘二十一世纪海上最大吨位的航空母舰",目前最大的航母长度为300多米,但现在只是二十一世纪初。放眼未来,在整个二十一世纪里,最大的航母长度就是一个未知的数据了,只能另觅参照。书中另一描述是,一艘恒星级战舰相当于一个小城市(在进入"自然选择号"后,章北海才发现……这艘太空巨舰……几乎是一座小城市),其长度我们保守估计超过十千米(十千米只能算是城市小社区),因为被切割、拆解,其尺度必然更大,以两倍算,二十千米是个合适的长度。

那么三艘战舰合围,将是约六十千米的圆周、二十千米的直径。也就是说,章北海等人的墓地是一个环形的巨大的山峰。这尺寸在宇宙空间中

149

当然只是一粒尘埃。

看到"二十千米",你是否想到,这正是"蓝色空间号"关一帆等人在四维空间里遭遇的"魔戒"的尺寸?

环箍直径约二十千米,像一只太空魔戒。环箍上可以看到电路状的复杂结构。从外形上看,基本可以确定这个物体是智慧体制造的。

"蓝色空间号"战胜追击而来的"万有引力号"和"水滴"后,关一帆等三人进入四维空间考察时,发现了一个"魔戒",然后他们用中频电波发送了一个问候语。这是一幅简单的点阵图,图中由六行不同数量的点组成了一个质数数列:1、3、5、7、11、13。① 接下来:

他们没有指望得到应答,但应答立刻出现了,速度之快让三人不敢相信自己的眼睛。悬浮在太空艇舱里的信息窗口显示出一个简单点阵图,与他们发送的类似,也用六行点组成六个质数,但图中的点阵大了许多,把他们发送的那个数列接了下来:17、19、23、29、31、37。

人类发出的所谓"质数数列",实际上是无规律的、故意包含错误的质数数列(多了一个1,少了一个2)。也就是说,如果回答者不通晓人类文明,而只是一个智能程序,或者是一个外星文明,就算其希望从数列中寻找规律,也必然找不到规律。但是回答却富有规律,知道人类是准备发出质数序列。换言之,人类发出看似简单的一个数列,实际上是一个"图灵测试",轻易地测出对方不是智能程序。但我们认为,"魔戒"通过这段测试,不但表明自己是智慧生命,还表明自己通晓人类文明。

① 新版的《三体》已校正为正确的质数数列"2、3、5、7、11、13"。

"魔戒"说的第一句话是四个汉字:"我是墓地。"

关一帆问:"谁的墓地?"

"魔戒"答:"这个墓地的建造者的墓地。"

关一帆问:"这是一艘宇宙飞船吗?"

"魔戒"答:"曾经是飞船,死了以后就是墓地。"

关一帆来自"万有引力号",没有亲历黑暗战役,对章北海的墓地也知之不详。所以他继续问:

"你是谁?和我们说话的是谁?"

"我是墓地,墓地在和你们说话,我是死的。"

"你是说你是乘员已经死去的飞船本身,或者说是飞船的控制系统?"

"魔戒"很无语,不再回答。

此后"魔戒"的回答还有:

(1)附近还有很多墓地,但是不认识它们。

(2)"魔戒"来自远方,而不是一直在这里,在这里只是临时逗留。

(3)来的地方叫作海,这片四维空间是一个洼地,海干了,鱼只好聚集在洼地里,很快洼地也要干了。

(4)海是被鱼弄干的。

(5)把海弄干的鱼在海干前上了陆地,从一片"黑暗森林"奔向另一片"黑暗森林"。

(6)墓地是死的,不具有攻击力,而且低维威胁不了高维,低维的资源对高维没有用,但是同维的都是"黑暗森林"。

(7)快离开水洼,你们是薄薄的画儿,你们很脆弱,在水洼里很快就会变成墓地。

(8)我喜欢鱼,把你的鱼送给我。

说完这些之后,"魔戒"完全沉默了,无论怎样联系都不再回应。这时,母舰遇到危险,关一帆等人不得不立刻返回,同时把生态球送给了"魔戒"。此后,两艘战舰突然之间退出了四维空间,一切都显示出人为操纵的迹象。

以上对话很令人费解,几乎没有一句实质信息,似乎在打哑谜。可是,一个死亡的外星文明有跟人类打哑谜的必要吗?"魔戒"自称墓地,这到底是一个比喻说法,还是一种实质性描述?海到底是什么,鱼又是什么?是否都是比喻?

但是,如果将"墓地魔戒"理解为章北海等人的墓地,上述对话就不难理解了。

"魔戒"一上来就清楚地告诉人类:我是墓地,墓地是切割的飞船合围而成的,飞船已死,成为墓地,是人类曾经建造的墓地。

按照丁仪的研究和"面壁人"泰勒的战略,人被球状闪电武器打击死亡之后,灵魂会以量子态存在。我们之所以没有发现,是因为"宏观量子态的概率云会随着时间在空间中扩散,变得稀薄"。泰勒的计划能够实施的一个理论背景是:通过技术手段,可以将地球太空主力舰队变成量子幻影战队,从而对三体舰队进行抵抗,量子灵魂在太空中不会扩散。

数千星舰人类死后,又是在极低温度下高速飞行,也许这正好是量子态灵魂汇聚的重要条件。量子灵魂也许对四维空间有自动搜索、寻觅和进入的能力,进入之后,大概还需要一个条件才能复活,那就是宏观尺度的强互作用力。

　　我们的一种推测是：章北海明知黑暗战役即将发生，却在最后产生了几秒钟的犹豫，导致了自己的死亡。或许他正是用这种方式赴死，然后以量子态进入四维空间。

　　这是因为，他只能以量子态进入四维空间，并协助褚岩完成摧毁"水滴"追击的任务。

　　章北海等几千人的量子灵魂进入四维空间后，做了大量的准备工作，之后就等待，等待"水滴"。强互作用力"水滴"的逼近，恰好导致了墓地的复活。于是我们看到，"蓝色空间号"不早不晚，刚好在"万有引力号"追上来时，遇到了四维空间碎片。

　　"墓地"是几千人的量子灵魂，意识刚刚恢复，记忆也只是一块块的碎片，所以在回答关一帆的问题时，几乎是呓语：海是指地球，在基因的记忆中，生命起源于大海，地球绝大部分也是大海。如今，地球即将灭亡。鱼是指地球人类，造成地球不能生存的原因是人类主动暴露了自己的位置，使地球面临危险。星舰人类奔向太空，也就是奔向新的"黑暗森林"。这里是四维空间，对于三维生物来说，在这里有生命危险，必须尽快离开。

　　或许，活体生命对量子灵魂的整体恢复乃至身体重塑具有重大意义，因此，"墓地"向人类要了一个生态球。几万年后，这群新的地球人类繁衍出的生命，或将出现在宇宙的某一角落。

"地球之子"袭击引力波发射台悬案

阅读提示：文明越先进，战争发生的时间会越短，越不会出现胶着的状态。

"威慑纪元6年，（信奉人类中心论的极端组织）'地球之子'对设在南极大陆的一个引力波发射台发动袭击，企图夺取发射器，进而掌握威慑控制权。"此事件中，"'地球之子'出动三百多名武装人员，使用了包括小型次声核弹在内的先进武器，加上该组织在发射台内部潜伏的内应，袭击险些得手。"后因"守卫部队及时炸毁了发射天线"，未能得逞。

上述事件导致的直接后果是南极的引力波天线被炸毁，同时它还有一系列衍生后果。

后果一：该事件在两个世界引起巨大恐慌，地球原计划建设的发射台从一百个缩减为二十三个，最终缩减为四个。

后果二：三体世界原本答应罗辑全部撤离的"水滴"，赖着不走了，坚持留四个在太阳系,理由是"引力波发射器有可能被人类极端势力劫持,这种情况一旦发生,三体世界应该有能力采取措施保卫两个世界的安全"。

后果三:这要在五十年之后才能看到,就是在执剑人交接的几分钟后,三体世界对地球发起闪电袭击,在极短时间内就摧毁了地球的全部引力波发射台,解除了威慑。

根据以上后果,再回头以"上帝视角"看"地球之子"袭击案,我们不能不怀疑,这是三体世界一手策划出来的阴谋,其目的就在于引起地球人恐慌,从而减少发射台的建造,为三体世界最终摧毁地球创造条件。

最大的证据就是,智子无时无刻不在监视着地球。对这种刚刚建设起来的引力波发射台,由于其可以直接威胁三体世界的生存,监视必定更为严密,稍有异动,必定会立刻通知地球,而不会等到"地球之子"几乎得手。

我们再来看"地球之子"的行动,也是疑点重重。

首先,人数众多,不合情理。搞恐怖袭击最大的特点就是突然性和隐蔽性,人越少越难被发觉。可是"地球之子"却派出了一支多达三百人的队伍。这分明不是去搞突然袭击,而是摆出打一场小规模战争的姿态,带着强烈的宣战示威味道,摆明就是给人们看的。

其次,从选择的控制台的地点来看,南极大陆人烟稀少,在此处打一场持久战,似乎外围救援一时难及。但南极毕竟路途遥远,不利于突袭,加之人数众多,无法很好隐蔽。所以在二十三个遍布全球的控制台中,南极的控制台根本不是一个好选项。但如果出于主动暴露的目的,如此大张旗鼓就很容易理解了。

我们再来还原一下当时的情景。

先是"地球之子"建立纲领,吸收成员。这大概需要数年时间。然后,该组织确定袭击一个引力波发射台并夺取发射器,进而掌握威慑控制权的计划,并制定行动步骤。威慑纪元 6 年,组织召集成员,集体出发前往南极大陆,准备袭取发射台。

如此大规模又协调一致的行动,自然是消息满天飞,更别说瞒过一直在监视地球异动的智子了。

更何况,即便到了发射台,由于防守森严,也必然是非常难以攻进去的。

我们现在来分析一个基础问题:在距今两百年后的 2214 年(威慑纪元 6 年),战争是什么样子的? 如果你认为跟现代战争一样,枪来炮往、攻城夺地,那就太想当然了。

未来战争主要是两种形态:

一种形态是以电脑为核心的计算机大战。如果需要控制一个发射台,根本就不需要安排大量人员亲自奔赴战场,完全可以通过黑客手段远程入侵控制系统。这是最省事的,关键是非常隐蔽,容易脱罪,不易被发现,成功率很高。当然,这样的战争的技术含量也非常高。

第二种形态涉及未来武器。人类技术的发展程度越高,个人的毁灭能力就会越强悍。冷兵器时代,大规模杀伤必须要有大规模部队。战国时,白起坑杀赵国四十万军队,需要非常多的人手,一个人一天最多也就杀上千人。但是到了热战时代,一批拥有枪支大炮的人,杀人"效率"会呈指数上升。而在核战时代,一个人只要拥有足够的核武器,足以一次性毁灭全部人类。我们经常说科技是一把双刃剑,正是因为它带来便捷的同时,也具备了超强的毁灭力量。

正是这个原因,很多科学家认为,跨入"I 类文明"的门槛是一个大关,因为进入"I 类文明"的人类可以轻易地毁灭自己,但是道德却没有发展到相应的高度。有科学家设想,宇宙中有大量文明都是在"I 类文明"的门槛上,被自己消灭了——因为只要出现一个疯子,整个文明在瞬间就完了,而出现疯子,又是大概率事件。

按照"三体"系列的描述,两百年后的人类已经进入太空时代,一个拥有恒星际战舰的个人,就可以毁灭一个星球。此时的战争,必然呈现"一边倒"的特征。也就是说,武器先进的一方可以完全控制战局,而不会出现久战难决的局面。

"地球之子"三百人的队伍大摇大摆地进攻南极发射台,并且携带、使用了大量的重型武器,其中一款是大面积、无差别攻击的次声波核弹武器("使用了包括小型次声核弹在内的先进武器")。问题是,假如次声波武器成功实现打击,那么就没人去炸毁发射台了,而且"内应"也会被消灭。然而事实并非如此,可见南极台已经发现了进攻,并且做好了次声核弹的袭击预防。这意味着,"地球之子"根本就会劳而无功,乃至全军覆没。但这时,南极发射台却及时地出现了一个"内应"。这个内奸协助"地球之子"进入发射台内部,几乎得手。这时更奇怪的事情发生了,发射台又被守卫部队炸毁了。

根据前述"一边倒"原理,这个袭击过程剧情连续三次反转,也就连续三次违背未来战争基本原理:攻而无果,再攻而入,入而得手,得手复失。这种违反原理的事就类似一个人跳楼一次没死,二次没死,三次还是没死,那只能寻找其他原因了。

因此,最合理的解释就是:"地球之子"袭击案原本就是三体世界策划的一个行动。

在威慑纪元,ETO虽然覆灭了,但是也有一大批增援未来的组织成员刚刚苏醒。他们心志坚定,计谋出众,是三体世界在地球的新一批代理人。但是,在这个超信息时代,如果他们继续打ETO的名义,显然难以发展起来,于是改变策略,将招牌换成了"支援地球"的极端组织。另一方面,三体世界从未放弃在地球寻找代理人。为了减少地球引力波发射台的数量，"地球之子"受命发起对南极发射台的攻击。

悄悄进攻、无人知晓当然是不行的——万一得手了，拿了个烫手山芋；万一没得手，就失去行动意义。要的就是声势浩大、世人皆知，以便舆论沸腾、民情难平。所以，"地球之子"派了三百人的大部队，从全球各地，绕行大半个地球会聚到南极大陆。

动静这么大，守卫部队当然做好了预备，攻击行动按说该失败了。但如果就这样结束，还无法深刻教育人类认识到这种发射台的危险性，所以适时出现了"内奸"。也许是利用智子，也许是利用"水滴"，最终让"地球之子"成功夺取发射台。

事情到此还不算完，因为不能让"地球之子"真的控制发射台，所以必须在他们得手之后把发射台摧毁。也许，炸毁控制台的不是别的东西，就是当时最强大、最先进的武器——"水滴"。

此一行动，举世震惊——万一哪个疯子启动了引力波广播，意味着两个世界同时暴露在"黑暗森林"里，将会立即遭遇覆灭。因此，全球各地的发射台被迅速缩减。而"水滴"，也顺理成章地留在了地球，"保卫两个世界的安全"。

"万有引力号"袭击计划

阅读提示：程心当选执剑人，褚岩进入四维空间，"万有引力号"远行追击，智子进入盲区，是一系列互相关联的事件。

三体世界悍然入侵地球，最终导致两个文明先后覆灭。看起来，这是由一系列很偶然的事件相继发生造成的，包括程心当选执剑人、智子进入盲区、"水滴"攻击地球、遇见"碎片文明"、"万有引力号"被俘虏等。

上述事件看起来都是小概率事件，缺乏因果关联。但如果研究分析其中的矛盾，就会发现，这个世界没有偶然，一切事件都互相联系。

1. 被抛弃的"万有引力号"

第一个矛盾是："万有引力号"追击"蓝色空间号"缺乏必要性。

追击的原因很简单，因为"蓝色空间号"飞船袭击其他飞船，是罪犯，必须绳之以法；而且，"万有引力号""是目前太阳系唯一一艘能够进行恒星际航行的飞船"。

遗憾的是,"唯一"这条理由无法成立——要知道,"万有引力号"不是普通的飞船,而是引力波发射台!

好比说,有个CIA特工身上带着可以摧毁整个地球的超级核弹,美国总统却安排他去人迹罕至的南极大陆抓杀人犯。其中风险之巨大、收益之微不足道是显而易见的。

"万有引力号"并不比"蓝色空间号"更具什么优势。

"万有引力号"只比"蓝色空间号"晚建十年时间,除了引力波发射,并没有更多的先进技术,其推进能力只是略优于"蓝色空间号",能追上后者完全凭借燃料优势。即使这样,按照目前两舰的速度和加速度,"万有引力号"追上"蓝色空间号"也需要五十年时间。

实际上,就连上面说的"燃料优势"也很勉强。"蓝色空间号"的燃料是"四舰合一",而且正在航行中,并不需要再加速,"万有引力号"却还需要加速消耗燃料。也就是说,"万有引力号"能不能成功追上目标都是个未知数。

就算"万有引力号"能追上"蓝色空间号",也需要五十年时间。我们注意到:五十年时间,正好等于"万有引力号"的引力波天线失效的时间。

目前人类能够制造的振动弦半衰期是五十年左右,半衰期一到,天线就完全失效,所以引力波天线的寿命是半个世纪,到时需要更换。

按照最理想的结果计算,"万有引力号"追上"蓝色空间号"时,引力波天线刚好失效;那等返回地球时,已经失效半个世纪了。换言之,地球让

"万有引力号"去追击"蓝色空间号",摆明是为了放弃该引力波发射台。

要知道,此时地球一共才有四个引力波发射台,其中三个都在地球上,这是唯一一个在太空中的。放弃这个太空中的引力波发射台,剩余的三个都在地球上,距离最多数千千米,可以被"水滴"秒杀。后来发生的事也证明了这一点。

显而易见,这是地球政府主动放弃了威慑。面对这个可能导致三体星系、太阳系两个世界共同毁灭的东西,已经"娘化"的人类极力排斥它。从地球在此后五十年时间里再未新建一艘引力波飞船,以及选举程心为执剑人来看,人心思静,早已忘记身立危墙之下。但此时的地球,"未来史学派"余威犹在、钢印族方兴正艾、罗辑和维德等大神还活跃在历史舞台上,他们安插的穿越未来的新一代领袖褚岩正在精心计算着航程,他们不可能对上述做法视而不见,而且不施加任何影响。

因此我们认为,地球政府的计划真相是:如果三体世界不安排"水滴"监视,那么就让"万有引力号"飞出太阳系,成为不受任何人监控的独立力量,追击"蓝色空间号"不过是一个借口。起码在五十年有效期时间里,三体人不敢再打太阳系的任何主意。如果三体世界派出"水滴"监视,那么就在"万有引力号"追上"蓝色空间号"后,将"万有引力号"移交给褚岩,由褚岩最终控制引力波天线并形成终极威慑。但这个计划是十分冒险的,时间必须拿捏得十分巧妙,否则五十年后天线失效,就算褚岩拿到手也没用处。

距离太阳系最近的三体之外的星系是巴纳德,但是"蓝色空间号"的航线却向着"之前确定的目标NH558J2星飞行,需两千多年才能到达",其目标显然不是两千年之后才到达的NH558J2星,而是航程之中的四维空间。褚岩将借"碎片文明"之力,消灭三体文明的追击者,并掌控"万有引力号"。

2. 被消灭掉的智子

三体世界已经摧毁了整个人类世界的恒星际飞船,再多摧毁一艘"蓝色空间号",也并非什么了不起的事情。但是这一次,这一行为却遭到人类世界的坚决反对。

而三体世界呢,竟然也很快妥协了,虽然提出要求用一个智子、两个"水滴""护航""万有引力号"。

其中的钩心斗角可以想见:人类的算盘是让"万有引力号"脱离三体世界监视,或者将其送给褚岩,那么无论如何,"万有引力号"都是要飞出太阳系的。如果三体世界把"蓝色空间号"给摧毁了,"万有引力号"就没有借口了。因此,人类自然不可能答应三体世界由"水滴"摧毁"蓝色空间号"的要求。而三体世界知道,"万有引力号"是一去不返的,在漫长的追击过程中引力波天线必定会失效,四个发射台就这样轻易地损失一个,自然乐见其果。三体世界知道人类想让具有发射引力波能力的飞船脱离三体世界控制,自然坚决要求派出"水滴""护航",外加一个智子全天候监控,不怕其逃出手掌心。

航行第四十九年,也就是引力波天线失效前一年,也是"万有引力号"与"蓝色空间号"即将相会的前一年,发生了一件大事:智子进入了智子盲区。其直接后果是,"万有引力号"脱离了两个世界的监控。

就在一年前,当"万有引力号"与"蓝色空间号"的距离缩短至三十个天文单位时,发生了一件并不是太意外的事:"万有引力号"和两个同行的水滴进入智子盲区,与地球的实时通信中断了,只能采用电磁波和中微子通信,"万有引力号"发出的信息到达地球需要一年零三个月的时间,还要等待同样长的时间才能得到回复。

对于这件事,读者通常会形成两种认识:一种认为是偶然事件,因为智子盲区在宇宙中四处存在,在五十年的航程里碰到一个盲区也不足为怪;一种认为是褚岩领导的"蓝色空间号"已经具备了制造盲区、捕捉智子的科技。后者可以很容易否定,"蓝色空间号"并不具备科研条件,而且始终处在智子监视之下,无法发展盲区科技。而前者实际上是低概率事件。

我们分析认为,智子遭遇盲区的更大可能是三体世界有意为之。其证据为,在进入盲区之前,"水滴"就已经收到了智子给它的指令,指令内容为:在一年之后、人类飞船相会时,同时摧毁"万有引力号"和"蓝色空间号"。如果不是三体人故意制造盲区,那么完全没必要提前长达一年的时间就下达指令,完全可以在事发前再指令。

摧毁"万有引力号"是三体世界的既定战略,但太早了不行,太早了,执剑人罗辑会启动地球上的引力波广播,因此首要条件是执剑人更换;太迟了也不行,如果"万有引力号"发现地球引力波发射台被袭击,就可能启动飞船的引力波广播。对地球和"万有引力号"两者的攻击时间不保持同步,却要产生同步效果,最好的办法就是切断两者的联系,也就是主动制造智子盲区。

智子通信实际上是通过两个互相纠缠的粒子来实现的,因此制造智子盲区对于三体世界来说是非常简单的,只要将保持通信的此端粒子消灭,那么太空中的彼端智子就失去联系了,然后便可以对地球宣称,造成通信中断是因为智子进入了盲区。此种消失是永久性的、不可恢复的。

进入盲区后,地球人类必定怀疑失去联系的"万有引力号"会遭到"水滴"的攻击。但此时,人类只能等待一年多之后飞船通过中微子以光速传回的信息,才能确认"万有引力号"是否安全。该信息一年后到达太阳系外围,再过十分之三年后达到地球,内容自然是"万有引力号"安全,一切如常。换言之,一年之后,"水滴"开始摧毁人类引力波发射台之时,人类刚刚收到"万有引力号"一年之前报"平安"的消息。反之,两者失去联系一年后,也就是"水滴"正准备摧毁"万有引力号"之时,"万有引力号"也刚刚收到地球发来的"地球平安"的消息。时间之巧合,除了阴谋之外无法有其他的解释。

将上述图景关联后,就出现了"引力波发射台袭击计划"的全部细节:

(1)三体世界获知人类将"万有引力号"派遣到外太空,以脱离三体世界监视,理由为追击"蓝色空间号"。

(2)三体世界要求用"水滴"追击"蓝色空间号",被人类拒绝。

(3)三体世界要求"水滴"护航"万有引力号",被人类接受。

(4)追击第四十九年,"水滴"接到指令,在一年后两船相会时对两舰同时发起攻击并消灭。

(5)追击第四十九年,三体世界消灭此端与智子纠缠的粒子,宣称智子进入盲区,"万有引力号"与地球失去直接联系。

(6)追击第五十年,两个"水滴"分别对两艘舰艇展开攻击。攻击之时,"万有引力号"和地球分别刚刚收到对方平安的消息。

三体世界的计划虽然巧妙,但是失去智子监视后,也就不再掌握对于"蓝色空间号"的实时监控。褚岩通过某种渠道,以及精准的分析,大概也获知了三体世界的计策。他不早不晚、不紧不慢地逃离着,一直等到不再有智子的监视后,迅速与"碎片文明"取得联系,学习并在短时间内掌握了四维空间技术,摧毁了"水滴",掌控了"万有引力号"。

褚岩以及他背后的"未来史学派"制订的计划有个难以理解的地方,就是他们如何做到对智子保密。但我们分析"三体"系列可见,获取三体情报的ETO一直到大低谷之后才消失,而智子盲区现象却在危机纪年初期就已经被三体世界发现。并且,罗辑参与地球抵抗运动和人类分析云天明情报时,均用到了"智子屏蔽室",可见建立空间很小的智子屏蔽室是人类早已掌握的一种技术。再者,由于这些计划的制订者和实施者在早期看起来都是人类历史舞台上无足轻重的人物,很难引起智子注意。智子不可能对每个人进行监视,即便有监视记录,也很难被三体世界注意并在情报系统中记载。由此就给了"未来史学派"可乘之机。

3. 被选中的执剑人程心

程心当选为执剑人,看起来又是一桩偶然事件。但是从三体世界在一年之前就指令"水滴"摧毁"万有引力号"、五年之前三体第二舰队就开始向太阳系进发来看,三体世界对程心当选执剑人,志在必得。

《三体Ⅲ·死神永生》中写道:

这是三体世界一个相当冒险的行动,因为如果不能在起航后的第五年摧毁人类的黑暗森林威慑系统,舰队穿过尘埃云被发现后可能引发威慑操作。这说明,早在那时,对于人类世界对黑暗森林威慑心态的转变,以及可能选择什么样的第二任执剑人,三体世界已经有了准确的预测。

程心的威慑度极低,低于10%。这不是问题,问题在于人类对此有着十分清晰的认识:

人们开始对威慑本身进行深入思考,由此诞生了一门学科:威慑博弈学。

……

描述这一因素的是威慑博弈学中的一个重要指标：威慑度。只有威慑度高于 80%，终极威慑才有可能成功。

人们很快发现一个极其沮丧的事实：如果黑暗森林威慑的控制权掌握在人类的大群体手中，威慑度几乎为零。

也就是说，人类政府对于威慑有着清醒的认识，这导致他们既不可能通过少数服从多数的民主选举方式来推举执剑人，也不可能让性格温和稳定的程心做执剑人。

在上述两种因素的共同作用下，三体世界如何才能使人类政府昏头，不顾一切地非要选择程心呢？

靠不确定的预测？靠运气？都太缺乏说服力。唯有靠阴谋诡计，强行推举程心上位。

能证明此论断的最显著的证据，就是六个公元时代的竞选人集体来游说程心，让她放弃竞选。而在此时，程心根本就没有任何竞选的打算。可见，三体世界的"阴谋"已经成为人所共知的"阳谋"。

在威慑纪元开始不久，三体世界就已经开始筹划打破威慑，这从派遣两个"水滴"监视"万有引力号"、实施"南极大陆引力波发射台袭击计划"以削减发射台数量两件事都可以看出来。在漫长的半个世纪里，三体世界向地球传授了大量的技术，输入了大量的文化，表现出"和善"的面孔，获得了地球人的充分信任。

实际上，两者的关系类似于人类历史上美苏"冷战"时期在核武器的威慑下共存的状态。美国拍摄了大量的电影，输出了大量的技术，展现其"和善"的一面，然而"帝国主义终究亡我之心不死"，一旦时机成熟，就会马上撕下伪善面孔，携飞机大炮卷土重来。所谓的"和平表达"，正是我们常说的和平演变、文化入侵、思想渗透。

地球政治中存在"鸽派""鹰派"两大势力。可以想见,"鸽派"将获得三体智子的大量帮助,从而成为政坛主导力量,而"鹰派"则成为在野力量。"鸽派"当政后,由于获得过三体世界的大量帮助,势必对其有所回报。也许三体世界要求的回报看起来是那么的微不足道:以高昂的代价从程心那里买两颗行星,仅此而已。此时,程心是唯一的卖家,而其他十四个买星系的人都已去世并且没有后代(会不会是遭到谋杀?)。

人类政府向程心购买两颗遥远的行星的所有权,此事原本可能性极低。

首先,人类虽然造出了恒星际飞船,却没有一艘飞船飞出过太阳系,何况要飞到距离二百八十六光年之远的星系,按照当时光速百分之十五的航速,飞向该星系需要上千年。任何人类政府都不可能做一千年之后的财政预算,这种预算根本无法在民主体制下得到通过。

其次,价格严重偏离了价值。从政府支付的对价①足够成立一家太空建筑公司星环集团来看,这个三百万元购买的星系,政府支付的对价约估为一百亿元(以危机纪年时的购买力计算)。买卖是通过讨价还价使价格接近价值的一种活动,但此时政府没有询问过程心对于价格的看法,直接支付了一笔让她惊讶的巨款。而且,这颗高价买来的行星事实上却毫无用处,等到这两颗行星对人类有用处的时候,一千光年之内的行星也都会有用处,这等于又稀释了行星的价值。就算十年内可能登陆这数量庞大的星系,又有什么必要将已经卖出的行星收归国有? 民营化不是能更好地发挥其价值吗? 无论如何,这是件无法说通的事。唯一的解释,就是联合国"鸽派"人士暗箱操作,硬是推动完成了此事。

给程心如此巨额的财富、如此炫目的光环,原因无他,只是为了将程心塑造为人类世界最有名、最富有、最具光环的人,给她戴上人人信任的"圣

---

① 英美合同法中指当事人一方在获得某种利益时,必须给付对方相应的代价。

母"光环。程心苏醒之后的一切,几乎全部都是围绕让她当选执剑人而来的。告诉她她拥有一个世界,再给她巨大的财富,让她了解新纪元的文化,观看《长江童话》电影,与形象完全变化的智子谈话,甚至通过维德的刺杀从反面坚定她竞选的决心,再到后来"行星防御理事会主席与她谈话,代表联合国和太阳系舰队,正式提出希望她竞选执剑人"。也就是说,地球政府、三体政府、人类世界三大势力都已经站在了同一条战线上,希望她成为执剑人。

最后,在具体的投票选举环节,程心仅仅以微弱优势当选,与第二名相当。(程心当选为第二任引力波威慑系统控制者,即执剑人,她得到的票数是第二名的将近一倍。)[1] 这里,很多读者可能会将"一倍"看成"两倍","一倍"的意思是两者数量接近。如果算上其他四位竞选者,程心得票必定不能超过通常竞选规则的"三分之二"胜选,实际得票预计为总票数的30%左右。而如此重大的事务,联合国制订选举规则显然应当是"三分之二多数"当选才合理。这种投票有无智子影响还很难说。

下面,我们再重述一遍三体世界在五年之前就已制订并有超高胜算的全盘计划:

(1)三体第二舰队出发后,预计五年后将飞临太阳系的边界奥尔特星云,于是紧锣密鼓地筹划和安排五年之后的执剑人更替。

(2)在执剑人选方面,找到一个威慑度低于10的人,给她整个太阳系最为巨大的声望和财富,并设法诱发她善良、美好、热爱和平的一面,并且将其善良展示给全世界,形成强大的心理羁绊。

(3)地球政府方面,扶植"鸽派",抑制"鹰派"。

(4)在公众方面,传播文化和技术,进行和平演变,思想渗透。

---

[1] 根据最新版本的《三体Ⅱ·黑暗森林》,这句话已经校正为"她得到的票数将近第二名的两倍"。

（5）在选举方面，操纵选举结果，使程心百分之百当选。

上述一系列事件环环相扣，三体文明以为攻占太阳系稳操胜券。

但是，对于"未来史学派"在长达两百年的时间里布下的宏大棋局，三体人终究认识不清，最终落败于褚岩之手。

银河大战——金牛座战役

阅读提示：金牛座战役的一方是三体第二舰队，另一方显然不是金牛座土著文明，也不是其他神级文明。三体人不会打一场无意义的战争。

地球文明与三体文明最大的区别是，三体文明是一个有记忆的文明，而地球文明是一个没有记忆的文明。三体文明每一轮毁灭，文明的风骨都遗存于世，照亮下一轮文明继续前行；而地球文明一旦毁灭，一切的一切都荡然无存，文明要从婴儿期重新匍匐前行。当地球文明经历一轮毁灭后，如果有逃离地球的人类重新返回地球，不会有人认识这就是人类的先祖，而是断然将其视为外星人类。

在三体世界与地球的大对决中，地球处于毫无悬念的弱势地位，但结局每每又出现惊天大逆转。这些逆转貌似都有合理的理由，但如果更深入地观察细节，你会发现冥冥之中，有一种力量在小心翼翼地保护着地球人类，使人类免于整体毁灭的命运。

云天明的大脑本来已经偏离预定轨道，跟三体第一舰队的前进方向南辕北辙,最后却莫名其妙地上了三体舰队;罗辑一个声明,就使得整个三体世界惊惶不安,这真是因为他发现了某种宇宙规律吗,还是因为他其实就代表了第三种势力呢?

三体世界除了与地球交战之外,另一次对外交手就是金牛座战役。《三体Ⅲ·死神永生》里,程心在太阳系毁灭后遇到关一帆,向他询问三体舰队的情况。关一帆回答说:

"六十多年前,金牛座附近爆发了一场大规模战役,很惨烈,残骸形成了一片新的尘埃云。我们可以肯定其中的一方就是三体第二舰队,不知道另一方是谁,战役的结果也不清楚。"

金牛座是地球上的说法,金牛座有 98 颗恒星,据考证,最亮的恒星金牛座 α 星(即毕宿五)距离地球 65 光年,最远的一颗恒星则距离地球达 2100 光年。

三体舰队在大逃亡的路上、在资源不足并远离本部的地方打了一仗。我们首先可以肯定的是,战役的另一方必定不是神级文明,双方实力必定相当,否则"惨烈"无从说起。而且,三体舰队如此不死不休、不计伤亡后果地打,必然有一个不得不打的理由。同样的,另一方也是不逃跑、不退缩、不只是为了驱赶三体舰队,而是必将三体舰队除之而后快。这两者该有多么大的血海深仇!

有一种可能是,三体舰队入侵金牛座某颗行星,想要在这里获得资源和补给,却遭到了金牛座居民的强烈阻击。但说不通的是,三体舰队如果发现对方实力跟自己相当,理性的反应当然是避战,若还去抢劫,那岂不是送死? 再者,如果是当地原住民,关一帆既然知道战争一方是三体舰队,那顺势便会知道反击的是原住民。但他既然说不知道,这就说明外界都不知道交战对方到底是谁，只有三体人自己知道。如果说在这里偶遇势均力敌的其他文明舰队，双方并无过节，只是不小心擦枪走火起了冲突，按照三体人冷酷的理性思维，这场战争是打不起来的。因为就连面对有着深仇大恨的太阳系，三体舰队发现这里不适合生存后也反身就走，顺手消灭的事情都不想做，因此更不可能在遥远的宇宙空间去招惹是非。

还有一种可能是，三体的舰队也发生了"黑暗森林"战役，类似地球逃亡舰队为了有限的稀缺资源而不得不自相屠杀的情形一样。可条件不同的是，在此时，三体舰队已经拥有了曲率驱动，可以实现光速航行，在广袤的宇宙中寻找类似 DX3906 之类拥有适宜居住或补给能源的行星的恒星系并不是难事，根本没有必要从同伴的手中抢夺资源。

还有什么样的可能性呢？最大的可能性是，这场战役是地球末日战役的延续。

地球的"碎片文明"在地球遭遇三体大侵略时，也许正在面对来自其他文明的麻烦，无暇他顾。而当他们解决了自己的麻烦后，却发现整个太阳系文明已毁灭，于是便对三体舰队展开了全宇宙的追击。

三体第一次侵略地球，被罗辑的"咒语"震慑而止步；第二次侵略地球，因为逃亡的宇宙飞船发出了引力波广播，三体舰队被迫离开太阳系，此后太阳系遭遇"黑暗森林"打击，被整体二维化。

但这只是人们看到的原因，从各种迹象看，三体人绝不会那么简单和冲动，他们的止步也许有着更加复杂的原因。一种可能的真相是：三体世界第一次止步是因为"碎片文明"对三体文明展开了反击，当然也回报给了三体文明一个大礼，那就是他们截获了云天明的大脑，恢复了云天明的身体，教授其科学知识，并将他送到三体世界做人质和科技援助者，从而带来了三体文明的技术爆炸。"碎片文明"之所以不愿介入过深而更希望三体世界与地球和平共处，其很大原因在于它自身也面临内忧外患，无力去过多干涉。

关于"碎片文明"与太阳系、三体世界的纠葛,还有一个证据,就是后来人们发现的曲率驱动航迹。

曲率驱动会让空间产生畸变,所以会留下航迹,而且这种痕迹长期存在、难以抚平。经历了大移民时代的地球人发现了太阳系附近的六处曲率驱动航迹:

在接下来的一个月时间里,一号观测单元又在不同方向的太空中发现了六处曲率驱动航迹……其中有一处距太阳系仅为六千个天文单位,显然是三体第二舰队从光速脱离时留下的。其余的几处从它们所在的方向和位置看,都与三体第二舰队无关。可以认为,曲率航迹在宇宙中是普遍存在的……其中的一处航迹距太阳仅 1.4 光年,已经接近奥尔特星云,显然曾经有一艘宇宙飞船在那里停留,然后进入光速离去了,但谁也不知道这事是什么时候发生的。

"三体"系列提到的外星文明有:

(1)三体文明。

(2)歌者文明。

(3)在 DX3906 星系制造死线的文明。

(4)四维"碎片文明"。

(5)金牛座战役文明。

(6)女魔法师遭遇的文明。

前述航迹,排除三体文明之后,只剩下"碎片文明"可能留下(或者没有写到的其他未知文明)。

分析这些航迹之前,得先了解下太阳系的周围情况。太阳系距离银河中心 2.64 万光年,周围的恒星比较稀疏。最近的两个恒星系,一个是三体星系(南门二),距离 4.3 光年,一个是蛇夫座的巴纳德星,距离我们 5.9 光年。

这么说的话,读者可能对距离没感觉。形象点说,如果你在武汉一个教室黑板上画个地球,画乒乓球那么大,那么按照比例,太阳就得画一栋楼那么大,画在几十千米之外,继续按比例画三体恒星系,得画在美国加州才行,至于蛇夫座的恒星,地球已经没地方放了。也就是说,太阳系的周边实在是太空空荡荡了,空无一物。

再说"航迹"。"航迹"是改变空间的结构而形成的,只在启动、停止(也就是加速、减速)的时候才会产生,因为飞船航行速度达到光速后,在真空中是不需要动力的。换句话说,不会有飞船在"路过太阳系"时留下航迹。凡有航迹的,要么把太阳系作为终点站,有目的而来,要么原本就在太阳系内然后以光速离开。因为恒星距离极为遥远,如果不是以太阳系为目标,航迹就不会出现在太阳系周围。

这种情况打个比喻来说,就是南极洲的一个虫子看到了一处汽车轮印,那它可以肯定,人类的目的地就是南极洲,而不会是澳洲(太远)或者其他地方,因为周边太空旷了,一无所有。而如果印痕很深,明显区别于其他地方,那就表明人类在这里停留过。

因此,说曲率航迹在宇宙空间"普遍存在"恐怕并不准确。正如子弹的弹痕不会普遍存在一样,它存在的地方,一定发生过枪斗。

出现在地球的外星文明势力仅有两股,除了三体,就是"碎片文明"。如果五处航迹全部是"碎片文明"留下的,那么就可以推想出:"碎片文明"曾经多次往返太阳系。第一次是到达太阳系,减速留下航迹。后面几次可能是部分飞船返航,部分飞船留在太阳系。在三体势力到达太阳系后,"碎片文明"决定离开太阳系。如此,才会出现多处航迹。

"碎片文明"之所以如此眷顾地球,很可能是因为地球人类本来就是"碎片文明"在地球上通过环境干涉而出现的。

"碎片文明"将先进的技术传播给了三体世界,将引起技术爆炸的文明也带给了三体世界,只是希望三体人能消停,远征银河,不要为难脆弱的地球文明。殊不知,三体世界数千年来早已将太阳系视为自家的后花园,岂肯轻易放弃?(参考本书前文第三节"两个文明首次接触的时间")由此而来的结局便是两败俱伤。而且,三体世界甚至还要对"碎片文明"展开大反击。由此,"碎片文明"对三体世界再无耐心,欲灭之而后快,至此便对三体第二舰队展开了不死不休的大追击。

也许,三体第二舰队在金牛座设置了陷阱,正等着从前的"呵护者"前来,两者一见,自然是惊天大决战,以至于飞船的残骸甚至形成了一片新的尘埃云。

云天明童话的再解读

阅读提示：云天明的童话里，是否暗示了另一个外星文明的存在？

云天明讲的三个童话分别是《国王的新画师》《饕餮海》和《深水王子》，它们是同一个故事的三个篇章。读者最终看到了三个故事的完整内容和全部解读，它们分别隐喻着维度打击、低光速黑洞和曲率驱动飞船。为了解读童话向人类传递的情报，联合国专门成立了解读小组，全球人类对其进行了上百种解读。然而，最关键的维度打击却没有被很好解读，最终太阳系遭遇灭顶之灾。程心认为，在太阳系毁灭之后，她终于解读出了云天明童话的全部含义。

真的如此吗？

对任何一句话的解读，实际上都要结合相关背景。没有背景的话，是无从解读的，一百个人会有一百种解读方案。

比如"黄鹤楼在武汉"这句话，就可以解读出无穷多的意思：

（1）黄鹤楼香烟是武汉产的。

（2）黄鹤楼不在长沙。

（3）一个叫"黄鹤楼"的人在武汉。

（4）在"武汉"这个现实世界里有黄鹤楼,而在虚拟世界里的"武汉"可能没有黄鹤楼。

（5）黄鹤楼在武汉,表明一个点在一个平面上,我们需要寻找一个确定的点,该点的特征可能是一个重点景区。

凡此等等,可以包罗万象,将一切自己想要说的话,以这句话为逻辑原点展开。

那么,对于"黄鹤楼在武汉"这句话,最为正确的一种解读是什么呢? ——那就是,这是笔者随意举的一个例子,它本身是毫无意义的,它只是表明,一句话可以有很多解读,仅此而已。

我们解读云天明的童话,同样需要遵循结合背景的原则进行解读。该背景本身就具备最为重大的意义。事实上,即便讲一下小红帽的故事、美人鱼的故事,一样可以从中挖掘出维度打击、光速飞船、低光速黑洞等含义。

比如,假如云天明讲述的是童话《卖火柴的小女孩》,依然可以解读出所谓的"技术内涵"。《卖火柴的小女孩》说的是: 小女孩没有卖掉火柴,在寒冷的大年夜里,她幻想着烤鹅、圣诞树和外婆,死在了街头。这个故事完全可以做如下解读:

（1）小女孩喻指人类。

（2）火柴喻指物理基础理论,因为作用都是照亮世界,没有卖掉喻指科技被锁死,不能再前进。

（3）夜晚喻指危机。

（4）烤鹅喻指掩体工程,看起来香喷喷实际是不可靠的。

（5）圣诞树喻指外星科技,求助外星传授文明和科技是空想。

（6）外婆喻指云天明，外婆救不了你。

（7）小女孩（人类）将被冻死，喻指无从逃脱死亡（神的打击）的命运。

甚至，连"雪花落在她的金黄的长头发上，那头发打成卷儿拉在肩上，看上去很美丽"这种细节，也可以解读为：雪花就是二向箔，看起来很美丽，很轻盈，实际上就是它冻死了人类。

人类最后对云天明童话的解读，实际上跟童话存在着许多误差。比如，童话里"针眼画师把人画到画里"解读为"二维打击"，两者存在的差别是：

（1）打击目标的差异：把人画在画里，其实就是中国古代巫术，这种技术是点对点攻击，画一个人，一个人就定格在了画中，不能同时画一群人；维度打击是无差别的，打击一旦发起，万物皆入画中，无法定点清除某个目标。

（2）打击后果的差异：人被画在画中之后，将画烧掉，公主还可以复活；太阳系被二维化后，人类就消亡了。

（3）打击手段的可选性差异：在童话中，把人画在画中，是冰沙王子唯一的打击手段，没有其他手段；歌者对太阳系的二维打击，是无数种打击手段中的一种，他本来是计划用光粒打击的，后来发现了一点问题，才又想到用二维打击。

（4）技术掌握者的差异：针眼画师，只要不被他画进画中，可以轻易地制服他；歌者是宇宙的神级文明，对于人类来说，连见一面都不可能，更别说反击。

（5）发起打击的难易度差异：画师的打击是一种非常麻烦的打击方式，要看，要画，要专门的纸、专门的压纸石，还要针对不同人的画派；二向箔则是一种非常简单的打击方式，将它抛到太阳系，打击就完成了。

当然，你也可以说，云天明故意扭曲情节，不然三体人岂不是也解读出来了。但这里最大的问题是："黑暗森林"中的猎手有亿万个，云天明怎么知道外星文明对地球会选择哪种打击方式,外星文明的打击方式根本就是随机、随意的,降维打击只是凑巧而已。

那么,云天明的童话究竟有无意义呢? 答案是肯定的。

在书中,大刘以很长的篇幅来讲述三个童话故事,同时也指出:"云天明在三个故事中隐藏情报的模式,可以归结为两点:双层隐喻和二维隐喻",并且详细地阐释了二者的含义。由此借书中人物之口得出结论,云天明的童话是一个"精妙的(情报)系统"。

因此,对于人类来说,云天明的童话所提供的是内容及意义明确的情报内容。而当时的人类想要获得的情报实际上就是"茶道谈话"中罗辑最后问出的问题:"是否存在安全声明,如何发布安全声明"。云天明提供的情报实际上就是指向这个问题。

由此,我们可以认为:云天明的童话故事对于当时的人类实际上是无意义的,故事的意义在于隐藏其中的情报信息。这就好像将一本名著作为密码本,名著的故事是无意义的,但根据密码序列解读出的情报才是有意义的。

同时,对于 PIA 来说是密码系统的童话故事,在这本书中却还有另一层喻义,这层喻义不是针对书中人物,而是针对读者,即除了书中大刘已经挑明的意义之外,这三个童话其实还是对《三体》全书的一个概括。

《三体Ⅲ·死神永生》的大部分章节,即《时间之外的往事》部分,都是假借程心之手写的,因此,在书中是无法将真实的含义写出来的。因为一直到最后,程心也不知道云天明究竟是如何到了三体舰队,有何种经历,又用什么办法制造了小宇宙,明明有小宇宙又为何不把开口开在她的飞船里。所以,童话的解读,对一千八百九十万年之后的她来说,仍然是一个谜。

大刘用相当长的篇幅讲述这个童话,却不想点破内涵,正因为它是"三体"系列的终极剧情。

从云天明的角度来说,他如果真将一系列技术细节巧妙地封装在一个故事里,他不怕害死地球人吗?须知,物理学是十分严密和精妙的科学,差之毫厘,谬以千里,何况还是含混不明的童话,这如何能传递技术细节?再一个问题,他怎么就敢保证程心能记清他讲述的所有细节?程心毕竟是个普通人,不是超人。

所以,他讲的故事,必定符合以下几个原则:

(1)程心能够听懂并清楚喻指,也可能只有程心能够听懂。

(2)程心能够记住,因此其中所包含的极其细微的情节是不重要的,梗概剧情才重要。

(3)程心能够从中得到启示。

(4)这启示将有助于挽救人类的命运。

我们先复述一遍云天明讲的童话梗概。

故事发生在"无故事王国",国王有两个儿子(冰沙王子和深水王子)、一个女儿(露珠公主)。深水王子自小离家,远在墓岛。国王想将王位传给露珠公主,冰沙王子为了夺王位,找到一位针眼画师。画师将国王、王后都画在了画中,人物被进入画中,真人就消失了。在画师准备画公主时,画师的老师空灵画师赶到了王宫,告诉了公主这一消息。空灵画师如果先画针眼画师,就可以打败对方,但是画画需要一系列条件,都是"赫尔辛根默斯肯"的东西,王宫凑不齐。于是,空灵画师将自己的用于保命的伞给了公主,让她去墓岛向深水王子求救。深水王子被围困于饕餮海,海里有种饕餮鱼凶恶无比,但是"赫尔辛根默斯肯"的香皂泡泡能令其非常温顺。于是露珠公主在奶妈宽姨和侍卫长帆的帮助下用这种香皂过海,见到了她的哥哥深水王子。深水王子在传说中是巨人,特点是远看近看都是一样的大小,实际也是普通人。针眼画师由于不会东方画派,因此对付不了深水王子。深水王子回到王宫,杀死了冰沙王子,成为国王。露珠公主与她的侍卫长帆一起离开了无故事王国。而无故事王国的人们由于没有香皂，就永远生活在饕餮海环绕的小岛里。

如果进一步简化，我们看到的是这样一个故事：A 王子弑父篡权，公主与侍卫向失散多年的 B 王子求救，最后 B 王子杀掉 A 王子成为国王，公主与侍卫则幸福地生活在了一起。

在大刘的设定中，第一个坐标是显而易见的，那就是露珠公主对应程心。除了程心，我们找不到第二人可以对应，所以露珠公主只有一个对应。

有此对应之后，很容易发现以下对应关系：

（1）长帆对应着关一帆。他和程心隐居起来，生活在了小宇宙之中，对于世人而言他们就成了传说。

（2）空灵画师对应着罗辑。空灵画师将用于保命的伞给了露珠，自己死了，也就是罗辑将光速飞船交给程心，自己却甘愿赴死。

（3）赫尔辛根默斯肯的香皂就是曲率驱动，这在书中已写到。

（4）宽姨对应艾 AA。谁让 AA 活了那么多年呢。

按理说，有了那么多的对应，剩下的对应关系也将呼之欲出。其实不然，如果将童话与三体故事完全一一对应，岂不是说自己写的全都是一个童话了？所以，大刘只写了一半的对应，另一半的对应关系，则是他在"三体"系列之中隐藏的另一条线索。如果将这条线索剥出来，我们发现，它同样是个大传奇故事。

首先，"赫尔辛根默斯肯"这个地名确实是解读的一个关键，它在故事中出现了 31 次，我们不妨将这个地方简记作"H"。

故事里一共出现了三个地点：H、王国、墓岛，王国与墓岛之间是饕餮海。

王国无疑喻指地球或太阳系。

H 这个地方谁也没去过,但每个重要人物都跟 H 有所关联——坏人针眼画师来自 H,好人空灵画师也来自 H,作画要 H 的雪浪纸、H 的狼毛笔、H 的颜料。宽姨有 H 的黑曜石和 H 的香皂。长帆就是 H 人。

H 显然是一种文明,这种文明与太阳系人类有着深厚的关联,它曾经传播先进的技术和文明给地球。但 H 不是铁板一块,也有针眼画师这样的助纣为虐者。真正危害人类安全的实际上不是看似凶猛的饕餮鱼,而是 H 文明中的反动派。地球之于 H 文明,既是盟友,又是敌人。

当 H 文明协助的一方干预地球事务时,H 文明中的其他派别也必将出手,但是他们受制于很多条件,满足这些条件不容易,所以对另一方的助力十分有限。

由于这种 H 文明从不危害地球人类,并且默默地守护着地球不受伤害,因此我们仍延续前文,称其为“碎片文明”。

同时,由于 H 文明(“碎片文明”)与地球文明早年间(比如史前十万年)的深厚联系,虽然双方已被“黑暗森林”隔绝数万年,但地球上仍有很多 H 文明的影子,这些影子强烈地暗喻着地球的“史前遗迹”,像巨石阵、金字塔、空中花园等。这些东西如果凑齐,可以抵御针眼画师的攻击,但是难度很高。

正如后来云天明所讲的,“碎片文明”已经变成一块四维空间,游荡在宇宙空间中,只有像“未来史学派”里大神级的人物,才有可能寻觅到它的踪迹,并利用其拯救地球。

维德的兽性

阅读提示：掩体纪元时的人类，还是纯正的人类吗？三体文明会不会将地球变成基因改造的试验场？

重温一下托马斯·维德的几句名言：

前进！前进！不择手段地前进！！！
只送大脑。
你会把你妈卖给妓院吗？
失去人性，失去很多；失去兽性，失去一切。

这几句话已经足够勾勒出维德的性格，那就是一个为了目标不择手段、血腥冷酷的男人。他引诱程心送云天明的大脑到三体世界、刺杀同事为了让云天明当选、利用星环集团研发光速飞船，可见他虽然铁血无情，但是心思缜密、计谋过人。

可就是这样一个大老爷们儿,在他组织武装部队准备对抗太阳系联邦政府、完成光速飞船的研究时,却被程心的一句话轻易地拦住了,竟然放下武器,最后连同他的战士一起被人类处死。

这也直接导致太阳系最后的获救机会被耽误,程心后来也为此悔恨不已。

这是维德留给世界最大的谜。

他完全可以依照他一贯的风格,无视程心,宣布星环城独立,没有任何人会觉得有何不妥。可他偏偏就因为程心的一句话,放弃了数十年的努力。这不但是维德的谜,大概也是残存的太阳系最大的谜。

前面我们已经做过解谜,分析出一条可能的原因:维德另有谋划,想在太阳系二维化后恢复太阳系文明。但这种原因无视太阳系现有人类的存亡,仍然不可理解。

作为"未来史学派"代表人物之一,维德虽然野蛮,但不愚蠢,他所做的每件事,都必定有自己的理由。

维德这一决定的背景,是掩体纪元时代。这一时代的产生,是在三体星系坐标被星舰人类广播后,太阳系人类为了应对可能到来的"黑暗森林"打击,而在太阳系大行星空间建立居住点。

我们认为,比较难以理解的一件事是,三体人在星系坐标被公布后急匆匆地离开太阳系,当时六枚"水滴"已经攻入地球,消灭人类易如反掌,但是三体人似乎完全没有"报仇"的意识。

按照智子的解释,这是因为"太阳系再也不用担心入侵,这里和三体星系一样,已经成了全宇宙都避之不及的死亡之地"。这句话的意思是太阳系的坐标也已经暴露,即将遭遇"黑暗森林"打击。

但是,这个说法未免过于夸张,至多是低级文明避之不及。这样强调,无非是为了让人类彻底放心,三体世界不会攻击地球。

前面我们已经分析过，"黑暗森林"打击不可能立即到来，因为超级文明不会近在咫尺，收到信息后还需要跨越漫长的空间距离，很可能打击在千年之后才会到来。而六枚"水滴"毁灭地球，按照一枚"水滴"攻击三千艘战舰的能力，至多耗时一天。就算不能百分百毁灭，也会造成极大的重创。

有人会说，三体人是绝对理智和冷静的种族，不会在无意义的事情上浪费时间，也不会像人类那样具有"复仇"的观念。然而，从人类"复仇"观念的产生和经济学的解释来看，它是一种利益计算，人与人之间只要存在多次博弈，就会存在"复仇"。三体世界也很难例外。1379号监听员也曾说过："每看到车上的其他人吃东西，我的心中就充满了憎恨，真想杀掉那人。"仇恨可以取得利益，可以让自己远离危险，也许它的产生在智能生命界是必然。

其次，按照"黑暗森林"理论，宇宙文明间根本就没有善意可言，只要发现隐藏的文明，最好的策略就是消灭之。"毁灭你，与你有何相干？"三体舰队发现地球却不消灭，这就违背了该理论。

最后，如果说三体文明因为云天明实现了大逆转，变善良了，可人类是一个具有强烈报复心的种族啊，再说人类的科技还可能随时出现突变。

如果地球人类在技术上取得飞跃，复仇是不可避免的，最有可能的复仇对象就是幸存的三体人可能找到的新家园，而这种复仇可能在地球文明被黑暗森林打击摧毁之前就完成。

如果三体世界与人类今后再也不产生交集倒也罢了，问题是三体星系的掩体里，仍然生存着大量的三体人。一旦地球人类出现技术爆炸，这些三体人将在劫难逃。仅仅从这个角度来说，三体第二舰队也不应该留下如此大的一个隐患。

　　三体舰队撤离时,又发生了智子"茶道谈话"和云天明会见程心这两件事,两件事都指向如何挽救幸存的太阳系。不打击报复倒也罢了,还要提供帮助,就更加可疑了。

　　综合以上几个疑点,我们认为,三体人此时对太阳系人类已经有了非常深的认同感,两者似乎形成了命运共同体。

　　这是如何产生的呢? 一个可能的解释是:三体人将自身的基因刻进了太阳系人类基因中。太阳系人类如果能生存下来,那么就也保存了一份三体人的基因。

　　下面分析三体文明对地球文明实施基因改造的可能性、可行性和必要性,以及证据。

　　按照宇宙文明的公理,一是生存,二是扩张。每一种文明,都有将文明扩张到整个宇宙的根本性冲动和追求。如果没扩张,那也只是因为能力不足。扩张的最原始方式,就是生命复制。

　　然而,直接将生命复制到另一个迥然不同的星系,很可能遇到环境不适应的问题,这时就需要改造。改造方式有两种,一种是根据自身的结构进行改造,一种是根据该星系现有的智慧体进行改造。显然,后一种方式更为经济、简便。

　　也就是说,三体人要在地球上居住,未必能适应地球上那几百亿种病毒、微生物密布的环境,还不如直接融入地球,利用地球人孕育自己的后代。他们甚至会认为这种孕育方式,比以分裂自身、消灭自己为代价孕育后代的方式要好许多。

　　从技术上来讲,三体文明完全具有这个能力。云天明仅有一个大脑,就能复原为一个人,这表明三体文明的基因工程技术已经高出人类几个数量级;智子仅仅只是一个微观粒子,最后也发展成为一个与地球人毫无差异的美少女,这表明三体文明的科学技术已经跨越到远程开展基因工程的等级了。还有几百年之前就有的基因武器、大面积种植转基因作物等技术,都表明三体文明的生物基因技术完全具有重塑生命体、再造新人类的能力。

六个"水滴"进入地球,将人类全部赶往澳洲和火星,而广袤的大陆,就成了他们大量繁衍的试验场。三体世界原本的政策是消灭人类,但是"与第一轮危机时不同,三体世界对人类的政策发生了重大变化。智子宣称三体没有消灭人类文明的计划,而是在太阳系为人类划出了保留地"。是什么理由让三体世界决定保留人类呢?原因正是他们想借助人类制造三体人,人体本身就是最好的孵化器。

有四条线索可以证明这点。

一是,在大移民时代,人类数量急剧减少,可能在初期就发生了"人吃人"的惨剧。

已经开始吃人了吗?应该不会这么快,程心相信,即使到了三个月后完全断粮之际,大部分人也不会吃人。

所以大部分人将被淘汰。

剩下的那五千万人无论仍然是人还是变成其他什么东西都不重要,人类作为一个概念即将消失。

这时,人类的伦理和秩序完全崩溃,人类作为一个概念已经消失。随后,程心就失明了。失明,是因为她不想看到恐怖的现实。

二是,在"万有引力号"飞船向宇宙发射了三体星系坐标后,三体舰队撤离太阳系,随后"智子已经命令治安军全力疏散澳大利亚的人口,从哪里来回哪里去,疏散速度会越来越快"。问题是,三体世界为何此时大发善心,不毁灭地球也就算了,居然还协助剩下的人有序疏散、防止骚乱,保证他们的生命安全,并命令治安军帮助重建家园?唯一的解释就是,这些"人"其实都已成为孕育下一代变种三体人的宿主,还需要他们活着。

三是,在大移民之后很长一段时间,智子并没有离开地球,她提醒地球生命要向太空、宇宙转移。"请相信我,人类绝对无法在打击中幸存。逃亡吧。"但矛盾的是,她又拒绝传授技术。这可以理解为,地球生命绝大部分毕竟与他们血脉相关,他们希望能留存更多的生命。但是地球上也有很多人类,又担心人类报复,所以就出现了矛盾的心理。但三体人在这时却成了地球人的精神支柱、祷告祈求的神,其信仰者多达数百万人(占了十分之一)。

四是,联邦与星环城的冲突是维德主动挑起的。星环集团完全可以秘密地研制光速飞船,而联邦也是睁只眼闭只眼的态度。但是维德却主动宣布,自己要制造曲率驱动飞船,引起轩然大波。随后,维德又宣布星环城独立,从而引发战争。如果维德不主动宣布独立,那星环城在几十年的时间里完全可以造出几百上千艘光速飞船。但实际上,他们却最终只造了一艘。维德的真实想法是,发展光速技术本来就是为极少数真正的人类服务的,而不是服务于所有地球人的,因为那都是三体人。

在掩体纪元,过了将近一百年的时间。这时,除了弥留的一些公元纪元人类,整个太阳系虽然看起来人口众多,实际上已经没有多少真正的人类,绝大多数都已经经过了三体基因改造。改造后的人类将更加适应太空生活,甚至比地球人更加聪明、强壮,因而把控了绝大多数的资源,位于社会金字塔的塔尖。那些未经改造的地球"虫子们",则又蠢又笨,既不灵敏,也不适应星际空间,自然沦为社会底层。当然,三体世界并没有告诉地球人这一点,因此每一个地球人便以为地球人类就是如此。

太阳系早已是三体人的太阳系,只是大刘没点明而已。你们拼命要捍卫的太阳系,主人已是三体人。

然而,三体世界的阴谋自然瞒不了跨越了若干个纪元的特务头子维德。"消灭三体,保存人类"是维德的既定目标,但是他没办法去区分改造后的人类和原本的人类,两者外观已经一模一样。对他来说,有一种方案是,抛弃太阳系,发展光速飞船,带走确信为地球人类的人;另一种方案是,主动引诱神级文明对太阳系进行攻击,与三体世界同归于尽。维德的威慑度是百分之百,这就意味着,当前一种方案无法做到时,他一定会采取后一种方案。

太阳系联邦政府对星环城宣战后,维德面临抉择。是对抗政府,现在就消灭以三体人为主、包括地球人的太阳系生命;还是放弃抵抗,等待神级文明消灭这个充斥外星生命的太阳系?他把这个选择权交给了程心。事实上,两个选择对他来说,并没有区别,只是前一个选择,需要更多的地球人来陪葬;后者,则是更少的地球人陪葬。他知道程心会选择后者,然后他说出了那句著名的话:

失去人性,失去很多;失去兽性,失去一切。

这句话的意思是:发动战争(失去人性),会让很多地球人类的生命消亡(失去很多);但如果放弃抵抗(失去兽性),则会导致太阳系所有生命灭亡(失去一切)。

这句话所隐含的另一层意思是:以战争保留星环城,人类与三体世界共存于宇宙,三体文明尚能存留一息,而如果让外星文明消灭太阳系,三体人在太阳系耕耘的生命将全部消亡,只有部分地球生命可以留存。

程心果然不出维德所料,选择了放弃抵抗,终止光速飞船研究。

六十年之后,镌刻着三体人基因的太阳系人类和纯正血统的人类,共同走向灭亡,而部分纯正太阳系血统的人类,正被维德试图通过其他途径留存。

预言大师艾 AA

阅读提示：艾 AA 与维德的关系，比人们想象的更加密切。

"三体"系列中写了两个精准的预言家。其一是一个团体，也就是"未来史学派"，他们对于未来社会政治的大尺度预言，在几百年里——得到验证。另一位就是艾 AA，凡是她说过的话或者她猜测的事，一定都会发生。

我们先来看看她做了哪些精准的预言：

（1）预言 DX3906 有类地行星：发现它带有两颗行星，从其中一颗行星的质量、轨道和大气光谱推测，它极可能是一颗与地球十分相似的类地行星。该发现后来被完全证实。而 200 光年半径的恒星数量有千万颗，AA 为何选中了这颗做研究？

（2）预言程心将在当选执剑人后面临两难抉择，而此时程心连"执剑人"是什么意思都不懂：AA 赶到程心前面，转身退着走面对她问道："你会毁灭一个世界以建立这种威慑吗？特别是：如果敌人没有被你的威慑吓住，那你会按动按钮毁灭两个世界吗？"后来，程心果然没有启动威慑按钮，

AA 怎么知道程心将会处于这种境地？

（3）预言人类将进入太空,于是成立太空建筑公司：AA 告诉程心……她需要成立一个公司来运作。获得财产与成立公司本来是两码事,AA 循循善诱,让程心建立公司,如果不是 AA,程心也许会把钱给捐赠了。AA 用程心卖行星的钱,成立了太空建筑公司星环集团,并且大获成功。在掩体纪元,星环集团开始建筑太空城市,同样利润丰厚,从而为维德进行光速飞船研究提供巨额的资本原始积累。

（4）预言云天明童话关于光速技术的真实内涵：AA 关掉程心的电子书,"我要香皂!""我没有香皂。你不会真的以为香皂有故事中的神奇功效吧？"……"我知道,但我喜欢泡泡,我想像公主那样在泡沫中洗澡,所以我想要香皂!"她们在一间博物馆里费尽周折找到一块香皂,AA 拿过程心叠好的带篷的小纸船,示意程心也进浴室。"在盥洗台上,她用小刀片从香皂上切下了小小的一片,然后把小纸船的尾部扎了一个小孔,把那一小片香皂插入小孔中,抬头对程心神秘地一笑,轻轻地把纸船放进已灌满水并且水面已经平静下来的浴缸中。小船向前移动了,在这片小小的水面上,从此岸航向彼岸。程心立刻明白了原理……"——从这段话可见,艾 AA 一开始就明白曲率驱动的原理,之所以要香皂、做纸船、在浴室演示,只是为了启发程心。

（5）预言维德在接收星环全部财产后,一定会遵守诺言,让程心来做公司最重大事务的裁决者,而程心将面临两难选择：AA 双眼直勾勾看着前方,像遥视着不知在什么地方的维德,"我还真相信,这个魔鬼会的,但正像他说的,那对你未必是好事。程心,你本来能救自己的,可还是没救成啊。"奇怪的是,这么重大的问题,程心径直做了决定,等维德死亡之后,她才去唤醒正在冬眠中的艾 AA。也可以认为,AA 是有意避开。

其实还有更多的预言。

比如,在澳大利亚 AA 警告智子:"你不要得意,我们还有'万有引力号'!"

又如,坚持跟随程心去澳洲偏远的沙漠区而不是大城市,而后来大城市成为人间地狱。

再如,最后逃离太阳系,没有劝说罗辑一起走——这是十分说不通的,这时全太阳系只剩下三人了,而这两个女人却认为自己将肩负延续人类文明的使命,这分明是知道以后还会遇到男人。

维德两次出现在程心面前,都跟 AA 有关,而且这种关联都是看起来十分偶然的。

第一次是威慑纪元的刺杀事件。程心接到的是 AA 的电话,"AA 在屏幕上眉飞色舞地说今天上午要带她去一个好地方,给她一个惊喜,并说接她的车就在楼顶上。"程心来到楼顶,进入车内时发现 AA 并不在里面,下车后发现的却是维德。这起刺杀事件坚定了程心竞选执剑人的决心。电话是维德伪造的,问题是维德怎么知道程心和 AA 的一切信息呢?

第二次是在掩体纪元,当程心到太空城参加试验时,遇到维德。维德要求她把公司给他,让他来研究光速飞船。"是艾 AA 建议程心报名参加试验的,她认为这是为星环公司参与掩体工程而树立公众形象的一次极佳的免费广告。"在维德要求把公司交给他后,程心咨询 AA 的意见,AA 立即就要求程心马上把公司给他,并指出程心自己不可能完成光速飞船的任务。

AA 最初的表现像一个单纯的小姑娘,但从打击误报事件可以看出,AA 其实是一个冷酷无情、杀伐决断、毫不手软的人物。然而,她成长的时代,是所有人包括男人都娘化、萌化的时代。因此她必定有一段不为人知的秘密经历。

同时,AA 也是唯一跟智子动过手的人。"(AA)两眼冒火地盯着智子,从地上抱起一块石头就向智子的后脑勺砸去。"在大移民时代，AA 拼命保护她的朋友，"她像个小泼妇一样一天与那六个女人打好几次架，有一次抓住一个最凶女人的头发往上下铺的床柱上撞，把那人撞得血流满面，那几个女人这以后才再不敢轻易惹她和程心了。"

可以说，《三体Ⅲ·死神永生》里真正的那抹亮色不是"圣母"程心或云天明，而是艾 AA。

上面说了那么多，其实很多读者都发现，艾 AA 的第一个身份"联合国太空开发署联络联络人"或许从未辞掉过（挂个电话就辞去联合国的职位，并且服务于属竞业禁止的企业，本就不合理）。她的真实身份始终都是联合国特工，并且隶属于维德统领的 PIA。我们实在不想给她安上这个身份，因为这似乎彻底地破坏了小说的美感。但是，所有的迹象和证据都指向了这一点。

如果 AA 本来就是一个女特工，那么一切的不正常问题都可以迎刃而解了。她一直在追踪云天明和星舰国际的去向，一直与维德保持着联络，一直都知道联合政府的动向，有政府的背景其公司自然能获得丰厚的利润，也自然每每都能做出惊人的判断。在危机时代，作为特工的艾 AA 身手不凡，自然可以保护程心的安全。

艾 AA 看似经常换男朋友，实际上这些人不过是她的情报工作伙伴。为了避免引起怀疑，每每总是以男女朋友的身份出入。

艾 AA 名义上是程心的未来联络人，而程心是云天明名义上的未来联络人。三体社会对程心的关注，必定远大于艾 AA。通过上面的分析，我们暂时不能排除以下可能：

艾 AA 才是云天明秘而不宣的未来联络人。甚至，艾 AA 可能还具有"未来史学派"的特使身份，褚岩是"未来史学派"通向未来的一枚棋子，而艾 AA 同时是褚岩的联络人。

如此一来,我们才看到这样一个奇怪的巧合:当程心跨越两百光年的距离来到蓝星时,褚岩战舰里的关一帆来了,接着云天明也来了。

他们不是为了程心而来,是为了艾AA而来。他们希望知道"未来史学派"对地球文明的最终规划是什么。

我们不知道艾AA与褚岩、云天明在小宇宙之外的大宇宙做了些什么,但太阳系人类文明最终名列宇宙封神大榜,必定有他们对于未来的共同谋划和贡献。

星舰地球的命运

阅读提示：星舰新人类在几百年的时间里，就发展到神级文明，而其资源、人口等都严重不足，他们是靠什么发展的？

褚岩发布引力波广播的时间是广播纪元元年，也就是公元 2272 年；程心到达礼物 DX3906 星系的时间是银河纪元 409 年，也就是公元 2682 年。两者的时间差，是四百年。

这四百年发生的故事，是一个谜。

关一帆是"万有引力号"的随舰研究员，这四个世纪里，他一直在冬眠，五年前才苏醒。他说，此时人类已经有六个世界：四个已经稳定，两个正在拓荒。此外，关一帆还知道二向箔打击、高等文明制造死线、文明降维攻击、金牛座战役等一系列事情，并且还能驾驶科考船，有事没事跨越几百光年四处考察。

"万有引力号"发布三体星系坐标的时候，其最高的航行速度只能达到百分之十五的光速。其距离太阳系，最多 1 光年距离。距离太阳系最近的恒星系是三体星系，"万有引力号"不可能将三体星系作为目的地；其次最近的恒星系是巴纳德星系，距离太阳系 6 光年。

要知道，在宇宙航行中，广袤的宇宙空间空空如也，捕捉到一个氢氧原子都是小概率事件，资源必须十分节省地使用。维持最低的生存都需要消耗大量的资源，根本就没有能力发展科技。

目前的天文观测表明，巴纳德星系并无行星。就算有行星，在上面着陆，最快也需要一百年的时间。其后的三百年里，能开发该星系并立足其间已经是了不起的成就了。但新人类竟然开发了四块殖民地，活动范围已经扩展到五百多光年之外。

地球人类可以发展出曲率驱动技术，那是有着庞大的资源支持、科技支持。但是，星舰地球缺乏这个条件。要知道，哪怕是制造一部手机，也需要一个非常庞大的科技产业体系。制造手机对于地球人类易如反掌，但对于星舰地球来说，这就是无法完成的任务。因为空知道制造原埋还是不行，每个零件都需要相应的机器做相应的加工才行。比如说手机屏幕，它需要玻璃，需要加工模版等等，每样都需要其他工厂来制造。如果在宇宙空间单独制造一台手机的话，其成本和需要的材料是个天文数字，大概和地球造一艘航母的价格相当。为了制造一个零件，你需要一个工厂，而工厂的每台机器，又需要制造一个新的工厂，直到形成完整的工业体系。星舰地球发展曲率航行是同样的道理。任何一个零件，星舰人类都需要从头开始制造，其制造成本无穷之多，高到无法承受以及不现实。

星舰地球不但受着资源、时间、科技的严重制约，也将受到人口的严重制约。人口基数大、人口多样化是科技发展的必备基础条件之一，但星舰地球人口数量不足，女性偏少。星舰地球第一件任务必然是繁衍足够多的人口数量，这同样需要漫长的时间，这不是技术爆炸可以解决的。

更何况，从关一帆的说法来看，星舰人类绝大多数都是在冬眠中度过的,既没有努力繁衍人口,也没有辛勤工作以发展科技,除了冬眠还是冬眠。一觉醒来,世界大不同,我们已经掌握了光速技术了,我们已经开拓多个殖民地了,我们已经可以随便开一艘新造出来的小飞船,满世界跑着玩了。

退一步讲,就算只是让全部人冬眠,也是需要很庞大的资源的。冬眠需要设备正常运转,设备运转需要能源消耗。新的问题是,维生设备会老化,设备一旦老化就需要更换,否则会出故障,这又需要建立工业体系。工业体系又需要资源、人口、科技、时间。星舰人类,一切的一切都不具备,任何一项条件都无法满足。

如果关一帆没有吹牛的话,那么星舰地球的科技发展、人口发展必然另有隐秘。

这里要提到两个隐藏的细节。

第一个细节:在山杉惠子破壁希恩斯之时说,思想钢印一共制造了五台,每台可以用上半个世纪,四台私下制造的思想钢印可以连续用上两百年。第一批被打上钢印的有五万人,随后在各国太空军中形成了一个超国界的严密组织。

第二个细节:追击章北海的飞船一共是六艘,但是后来出现的飞船只有四艘,还有两艘神秘地失踪了。由于随后就是"水滴"针对人类舰队展开的大屠杀,这两艘飞船的去向很容易就被人忽略。

"钢印族"第一批就有五万人,在随后两百年的时间里,最保守的估算也能发展到二十万人。这是一个非常庞大的数字。但非常奇怪的是,太空军为此在军内进行了核查,没有发现一个军人属于钢印族。

钢印族凭空消失了吗?要知道,钢印一旦打上,就不可能消失。钢印一族,深知人类必败,因此余生必然要为人类飞往太空做谋划。所以我们认为,最可能的就是:钢印族在人类发展出百分之十五的光速飞行科技时,便开始秘密地迈向太空。由于其组织严密,信念坚定,而当时太空军舰、民航成千上万艘,他们可以将基地建在遥远的冥王星轨道。一旦打上钢印,就从军队退役,然后从地球消失,踏上远航。

有人会说,如果人类逃亡,智子不会发现吗?智子确实会发现,但首先,智子的监视目标主要是地球,对于这些分批小规模逃逸到外恒星系的人类无法顾及。其次,就算智子监视到并且三体人已经发现,由于ETO早已在大低谷时代就消亡殆尽,在地球上也没有人能帮他们阻拦人类的逃亡了。再说,智子也并非万能,破壁人二号在破壁雷迪亚兹的时候曾说:

"那一时期到达地球的智子数量有限,作为一名拉美小国的元首,您没有引起它们的注意。所以我不得不用常规手段搜集资料,这用了三年时间。"

智子毕竟是智能程序,按三体世界的指令行事,三体世界没有注意到的情况,智子就不会主动去展开监视。

而在末日战役发生之前,又有两艘原本属于钢印族的飞船找到了离开太阳系的理由,直接脱离太阳系,根本就不去追击章北海。

可以想见,钢印族人类已经在某个遥远的恒星系建立了相对稳定的基地,将人类的科技源源不断地带过去,开辟了一个全新的世界,拥有了大量的人口和资源。褚岩的远征,正是向着这个确定的目标奔赴。

由此,冬眠了四百年的星舰人类关一帆,一醒来就看到了一个全新的人类新世界,科技发达,文明昌盛。

不同的是,原有的人类是打上思想钢印的人类,灵魂受到某种禁锢,而褚岩带领的则是经过战火洗礼的、思想和灵魂完全自由的真正宇宙新人类。

蓝星生死惊魂

阅读提示：小宇宙根本就是一个送不出手的礼物，它是一个监狱。你愿意接受一个隔绝时空的监狱作为礼物吗？

公元 2682 年，程心与艾 AA 到达 DX3906 星，同时，云天明来到 DX3906。之后，程心与关一帆乘坐 "亨特号" 进入死线，等他们从黑域里出来时，时间已经过去了 1890 万年。最后，他们刨到了云天明和艾 AA 在石头上刻下的字，说他们度过了幸福的一生。云天明还送给了他们一个礼物：647 号定制小宇宙。

"云天明来了！他的飞船三个多小时前就降落了！"

"哦——"程心机械地回应一声。

"他还是那么年轻，像你一样年轻！"

"是吗？"程心感觉自己的声音像是从很远的地方传来的。

"他还给你带来了一件礼物！"

"他已经给过我礼物了,我们就在他的礼物中。"

"那算不了什么,我告诉你吧,这件礼物更好更棒,也更大……他现在出去了,我去找他来跟你说话!"

云天明爱着程心,却跟 AA 在一起;AA 倾慕关一帆,却跟云天明过日子去了。按照书中所写,是宇宙中最强的死线阻隔了他们,最终阴差阳错。

然而,上述剧情存在很多疑问:

(1)小宇宙是独立存在的,出口可以开在任何地方,云天明完全可以将出口开在黑域里面,将程心、关一帆拉进小宇宙,之后再将门开在一个安全的地方就可以了。

(2)困在黑域中的两人并没有花多少工夫,也没有动用多高级的科技手段,就从黑域里出来了,可见黑域不是什么非常了不起的地方;将黑域作为"文明的安全声明"也是不可靠的。云天明连空间维度、小宇宙之类的神的东西都弄出来了,还没有能力突入黑域,拯救自己的爱人吗?

(3)就算云天明当时科技手段不够,技术能力不足,可他足足有 1890 万年的时间去破解黑域。须知科技是呈加速、爆炸式发展的,在公元 2687 年,云天明和三体舰队已经可以在宇宙中以光速穿行,其间必然也碰到过黑线。何况这东西到处存在,是一门"显科学",有 1890 万年这么恐怖的时间长度来应对,还有什么难题解决不了? 可我们看不到云天明是否曾经为破解死线努力过。

(4)云天明干吗不设定艾 AA 进入小宇宙的权限? 是 AA 不需要吗? 云天明的礼物"小宇宙"明明是看不见的,AA 何以知道他送来了这个礼物呢? 难道云天明一上来就告诉了 AA? 这好像不符合送礼的习惯。1890 万年之后,云天明和 AA 是否已经死亡? 既然"三体"系列最基本的设定是"生存是智慧生命最基本的本能",那么,何以他们明明有小宇宙可以跨越时间,实现永生,却宁愿死亡？如果他们没死亡,为何不愿见程心和关一帆？而且,小宇宙的作用是逃避宇宙的塌陷、躲避宇宙的未知危险,与世界保持隔绝,云天明为什么一来就要送小宇宙？难道就是打算跟程心躲在两人世界度过一生吗？

如果要回答上面全部的疑问,我们就需要知道,云天明当初是为什么到蓝星,到蓝星之后又发生了什么故事。

首先,我们知道,DX3906是宇宙中一个繁忙的港口,经常会有文明从这里经过(这一带靠近猎户旋臂的中心,有两条繁忙的航线)。在宇宙中,尘埃和死线遍布,黑洞丛生,还有很多"暗礁",稍不留意就会陷入死亡旋涡。DX3906星系周围则比较安全,航线畅通无阻,因而成了一个"大港口"。任何一个港口都具备经济价值和战略价值,所以在宇宙战争中,DX3906很可能会成为一个战略据点。

DX3906是十分重要的战略据点,而三体舰队和人类舰队都在附近的星系:

关一帆这时已经完全冷静下来,"这证实了我们的猜测：三体第一舰队在附近建立了殖民地,就在距这里一百光年的范围内。他们一定是收到了'星环'号发出的引力波信号。"

从逻辑上说,关一帆奉命到此科考,必然距离出发地不会太远,因为考察不可能去到的地区既没有意义,又浪费资源。两个世代冤家,又都深谙"黑暗森林"法则,在这区区一百光年内(以当时的科技,这样的距离相当于现在地球一千千米的距离),没有证据表明两者已经达成和解,而从人类基地保持绝对隐秘的状态看,两者可能仍保持着敌对和黑暗的关系。因此,很可能是三体舰队突然侦测到人类舰队的一个异动,发现人类去侦测蓝星,而且动机不明——三体人是永远无法猜测到人类的动机的。

对于三体人来说,地球人类的考察对他们是一种威胁[1]。如果人类控制了这个天然的优质星系港,那么,三体舰队今后将不得不花很大力气开辟新的航线。甚至,或许根本就没有开辟新航线的希望,这是唯一可行的港口(比如,其他方向有超级文明,那就是绝对需要避开的路径)。出于战略考虑,三体舰队决定先下手为强,派云天明快速抢占该港口,方法之一是制造五条死线。这些死线就是给人类布下的陷阱,一旦有飞船经过,轻微的扰动都会使其坠入死线。为了确保任务成功而云天明安然无恙,还允许他携带647号小宇宙。

为什么推测小宇宙当初是给云天明自己用的,而不是拿来给程心做礼物的呢?原因是,送一颗星星做礼物,是因为它十分浪漫;而小宇宙实在不是一个好礼物,它本质上就是隔绝你自己与他人的一个小监狱。你进去之后,外界的时光将飞速流逝,所有人和物,在你进出的一刹那就已完全不同。如果是给程心一个人用的,那意思是,你进去之后,迅速与我隔绝几千年、几万年,潜台词是"我根本就不想跟你在一起";如果是为了两个人一起用,那么云天明自己也能进去躲起来,隔绝与三体舰队的联系,然后寻找人类世界。倘若真能如此,他早就脱离三体世界去拯救太阳系、使太阳系免于毁灭了;甚至在程心还在太阳系的时候,就可以见面了,何必还千里迢迢地跑到这里,结果最后也没能见上一面就天人永隔。

更合理的推测是:云天明来到蓝星,必然还跟着一个或者若干个三体人,他们仍然严密地监视着他,限制着他的自由,更为他进入小宇宙限制了若干条件。比如,小宇宙之门的开启权限不掌握在他手上,而掌握在随行的三体工程师手上。三体世界也不怕云天明自己待在小宇宙里不出来,因

---

[1] 实际另一可能的情况是,褚岩安排人来这里联系艾AA,以便知道"未来史学派"对未来还有什么规划,科学考察则只是借口,本书"预言大师艾AA"一节有叙述。

为他一进去,就把自己跟程心永久地隔离开来了。

进一步可以推测,云天明一行是在完成制造死线的任务,返回蓝星侦测人类活动时,才发现对方是"星环号"飞船,继而在进入飞船后发现竟然是艾AA。根据上文分析,云天明如果真能适时地掌握程心的行踪,那他应该直接去灰星见程心,而不是先到蓝星来。先来蓝星,表明他并不能掌握程心的行踪,甚至到了蓝星也不能掌握程心的行踪,还需要通过艾AA的通信联络。

以下剧情可想而知:云天明发现关一帆和程心竟然去了灰星,而那里刚刚设置了死线陷阱,他急忙动员自己的伙伴,想办法消除死线或搭救程心。三体世界随行的工程师或监视人员必然不为所动,拒绝拯救关一帆的飞船,因为那意味着将自己彻底暴露,更可能身陷险境。

直接施救没有可能性,只能间接施救,最有可能、也是唯一的办法就是用小宇宙。云天明这时面临着艰难的选择。

选择一:与三体世界彻底决裂,趁此天赐良机,消灭这几个三体人,取得飞船的控制权,去救程心二人。但问题是,小宇宙开口的权限不在他手上,甚至飞船的权限也不在他手上。这样风险极大,极可能使所有人陷入死亡绝境,并不是智者所为。

选择二:与三体世界继续合作,将小宇宙的开口权限留给除AA之外的第三人,AA作为人质留在蓝星,他进入小宇宙去拯救二人。

达成协议后,云天明就告诉AA,他给程心带来了一个礼物——"小宇宙"。然而,这个计划最终未能实行,原因是程心二人突然就坠入了死线之中。进入黑域后,时间会快速流逝,如果云天明进入小宇宙然后到黑域施救,结果就是把AA一个人留给了三体人(大宇宙轻易就会过了几万年),这是非常残忍的。此时,三体人必然也拒绝再给AA一个权限。这又是一个两难抉择。

云天明最终选了近在眼前的 AA,因为他不知道程心二人在坠入黑域的那一刻,是否就已经死亡。

程心坠入黑域,而死线本来就是云天明等人制造的,那么云天明必然也有能力撤除,比如将一个物体按照曲率驱动再以光速反向飞行一次,熨平空间。但是他没有撤除,原因很可能是此时又发生了新的事件:人类或三体文明或其他神级文明也来到了这里,使撤除死线成为不可能。

从千万年里云天明并没有去动过死线来看,当时他和 AA 发现程心陷入黑域之后便开始了逃亡。光速飞船逃亡到一百光年外,蓝星就过去了一万年。等两万年后云天明再回到蓝星,也许他发现当初布下的死线早已经消失了,换成了一条新的死线。这条死线是神级文明设置的象征物,像旗帜一样,仅仅象征着这是神的领地,其他人谁也不要打这个港口的主意。它温和无害,这意味着被死线困住的人一定可以脱困,但里面的时间流逝速度谁也不知道。

这时,云天明和 AA 将有着程心和关一帆进入权限的小宇宙留在了蓝星,并在一块巨大的石头上刻下了"我们度过了幸福的一生"的寄语。

绵延万年的"母边大战"

阅读提示：母世界与边缘世界的战争，到底是持续了万年之久，还是早已经结束了？

这只蟑螂拍不到，需要用蟑螂药——歌者就像在打扫房间一样随手扔了一块二向箔。毁灭太阳系时，他就是这么漫不经心，随意打发。

然而，这却不是全部的真相。歌者与太阳系人类并非真的是神与虫子的区别，后者将随时成为前者的致命威胁。

因为时间。《三体Ⅲ·死神永生》写道：

到现在，一万多个时间颗粒过去了，无论是在母世界还是在种子里，都没多少乐趣可言。

……

歌者有这种能力，这不是天赋或本能，而是上万个颗粒的时间积累起来的直觉。

"一万多个时间颗粒""上万个颗粒的时间"是多久呢？大概是五万年：

> 歌者把目光投向弹星者，看到那是一颗很普通的星星，至少还有十亿时间颗粒的寿命。

这个星星指的是太阳。我们知道太阳还有五十亿年的寿命，换算可知，一个时间颗粒等于人类的五年。

歌者为了隐蔽行踪、保护自己免遭神级文明的打击，必定是以光速在宇宙空间巡航，根据时间与速度的相对关系换算，那么这"一万多个时间颗粒"换算到常速宇宙，其时间差异是非常恐怖的。

程心在曲率光速飞船上航行五十二小时，太阳系已过去二百八十六年。程心在死线内十五天，外面的世界已经过去一千八百万年。歌者起航的五万年前，如果以程心乘坐的光速飞船五十二小时对应二百八十六年计算（48 180倍），太阳系的时间为五万年的4.8万倍，也就是二十四亿年前。如此漫长的时间，足够一个文明发展壮大到遍布整个银河系了。

换言之，以光速行进的歌者第一眼看到的太阳系文明是一只虫子；等他过几天再看时，人类已经长成了大象；如果再迟几天，太阳系文明可能已经成了席卷周围星空的超级文明；如果再晚几天清理，人类可能已经发展到可以纵横银河、让歌者无法清理的程度了。

这就是时间差。歌者在太短的时间里，科技没有提高，但是人类已经过去了几千年、几万年，科技足以发生无数次的飞跃和提升，成为巨大的威胁了。

从这里也可以看到，以光速航行的优势是可以跨越时空，缺陷却是其文明发展速度会落后，所以也是一柄双刃剑。如果歌者启航于二十四亿年前,当时银河系空旷无比,初生的文明要么处于萌芽,要么连诞生生命的条件都不足。母世界与边缘世界在此时发生战争(以下简称"母边大战"),其战争的目的极可能是为了建立银河系最原始的规则和秩序。

母世界是一种起步很早的文明,它也许是一种"一神教"的信奉者,认为整个宇宙只应当存在一种文明,也就是母文明,其他文明应当由母世界派生而来,非其族类必诛之后快。

"边缘世界"则有可能是一种信奉"多神教"的文明,认为整个宇宙的文明应当是多样化的,存在各种各样完全不同的文明形态。

为此,两大原初文明对这个世界采取了两种截然不同的处置手段。母世界派出大量的种子飞船,一方面传播母世界的文明,一方面扼杀其他类型的文明。边缘世界则四处留意,发现哪里有诞生文明的条件,就点石成金,利用其既有条件催化出新生的文明。

"母边大战"开战之时,也就是二十四亿年前,在地球上发生了一件大事,氧气开始大量产生,有氧生命开始出现,这为智慧生命的诞生拉开了大幕。此事或许正是边缘世界刻意为之。

但是对于太阳系生命而言,边缘世界的"生命点化师"留了一手——仿照母世界刻画了太阳系。因此,在漫长的岁月里,母世界的超核会误判太阳系文明为母世界的种子播撒的文明,这就保证了太阳系人类的安全。

如此判断的依据是,太阳系文明与母世界的文明有很多相似之处:

(1)歌者的时间计量工具和空间计量工具都恰好与太阳系计量成整数倍。歌者时间计量为"时间颗粒",恰等于地球的五年;空间计量工具为"构造长度",恰等于地球的百分之一"光年"。

(2)人类是两性结合繁殖后代,歌者也是两性结合且有爱情(从吟唱的歌谣中的"我看到了我的爱恋"可见);歌者有将死者及其遗物藏于墓中的习惯,与人类习俗相似;歌者的世界低处为海,高处有塔,有众多天上飞的（如"平衡鹏"）和水中游的（如"深渊鲸"）生物，与地球分为海陆空三界的生物环境相似。

（3）都可以"看"，表明歌者文明与地球文明一样，都是在一个有光线的环境下发展出的文明。它必定有一个光照充足的恒星，因为有光线的环境，才能进化出视觉感官。都可以"唱""说"，表明行星表面都有空气，因此可以在空气里传播声音并进行交流。

（4）与人类文明一样有复杂的个体情感。只是歌者文明有着严格的思想控制，允许个体保留的主要情感是恐惧。贪婪、嫉妒等情感一旦被发现就会被勒令删除（"还有一些母世界不太熟悉的感情，如仇恨、嫉妒和贪婪等，但主要还是恐惧"）。个体可以自行删除和保留自己的记忆以及感情，但保留下来的都是经过鉴别认为无害的。

歌者毕竟是神级文明之一，是可以改变和利用宇宙规律的文明，人类的"时间相对论"对其也许无效。或许对它们来说，即便以光速巡航，仍然可以保持与外世界相同的时间流速。也只有在这种情况下，母世界与边缘世界的战争才发生于距今五万年前，而非无法理解的前面所讲的二十四亿年的战争。

母世界与边缘世界的开战时间即便只有五万年，在文明之间也是非常罕见的。"事实上，两个星系的文明几乎不可能在同一（发展）水平上相互作用。在任何对抗中，总是一个完全支配另一个。"（卡尔·萨根《宇宙》）"母边大战"何以争战时间长达五万年还未见胜负，并且不死不休，这本身就是一件非常令人费解的事。

如果"母边大战"确实如此，那么我们需要分析一下这种情况是如何出现的。

假设一：母世界与边缘世界的距离过于遥远，比如相距达十万光年，也就是位于银河系的两端,两者以光速行进必须跨越十万年的时间才能相遇,因此两者的战争在很多时候都是行进在路途之中,而并非在作战。

这种假设需要附加的条件是,母世界与边缘世界是银河系两大发展程度相仿的霸主,其他文明都低于两者,不然战争不会在两者之间展开。如果发生战争的是邻居,大多是为了争夺地盘,扩张势力。如果两个距离遥远的国度发生战争,那有可能是因为两者都有争霸地区或者全球的需要。如果母世界、边缘世界是整个银河系的霸主,类似人类历史上的"苏美争霸",两者发生战争的可能性就很大。但这种假设会产生的矛盾是,作为银河系亿万个文明中的超级霸主,不可能花十万年的时间才跨越银河,必定有某种例如虫洞穿越或者超级曲率驱动的技术,能够在瞬间越过整个银河系。从《三体Ⅲ·死神永生》来看,母、边两个文明并不居于文明顶端,而是需要经常隐藏自己的低级文明。因此,这种可能性基本可以否定。

假设二:银河系发生了世界大战,战火波及所有的高中低级文明,母世界与边缘世界分别位于敌对的阵营,空间位置却相邻,两者实力虽然不同,但是消灭对方就会引发对方背后势力的介入,因此始终无法彻底消灭对方,只能小打小闹。地球、三体这种虫子文明由于没人注意而得以幸存。因为有无数个文明共同参战,各种关系错综复杂,就类似我国春秋战国时代,消灭每个小国家都可能引发连锁反应,所以一些小国像郑国、鲁国不停地投靠大国势力从而维持生存,秦国来了,我就投靠齐国,齐国要灭我,我就找楚国。

这种假设产生的新问题是,需要设定整个宇宙是非常热闹的,各种文明之间互相交流和沟通,有联盟,有妥协,有对战争的协调。然而,"三体"系列小说最基本的假设就是,整个宇宙是一座"黑暗森林",黑漆漆的,你根本看不到任何一个文明,你能看到的文明,要么是来消灭你的,要么将被你消灭,根本不会产生文明之间的沟通、协调与交流。如果文明之间有如此之多的沟通交流机制,那么歌者的任务就纯属多余,他没有任何必要专门去清理一个又一个对自己完全没有威胁的文明。而且如此一来,这种任务就是危险的,谁知道被清理的文明会不会依附了其他高级文明。因此,这种假设也要排除。

假设三:母世界与边缘世界在银河某个区域争霸,并且科技实力相当。这是最直观的一个假设,也是很多读者读书之后直接想到的。但这种假设首先就应该被排除,因为它会带来一系列新的不符合逻辑的结论。

要么,两者文明程度相当,并且在至少持续五万年的时间里始终相当。这需要新的假设前提:两者的科技在互相发现对方之时极端接近,此后五万年都匀速地同步发展,平均每日发展速度的误差不能大于万分之一,否则其差距将达到上千倍之多。而且,这种情况下也不允许有科技爆炸。这样,除非是两者共同约定且互相监督,似乎不可能有如此匀速的发展。

要么,两者都是稳定的星系文明,都以星系争夺为主要目的。若非如此,两者战争的目的就无法解释。但由此形成的新问题是:两者应该能打则打,打不过就跑,何必要连续打几万年,不死不休?如果母世界仅是为了争夺更多星系资源,实在打不过完全可以放弃双方争执区域,另觅资源,而不必以降维求生存。为了生存不惜降维,说明这场战争逃无可逃,要么战,要么死。

又或者,两者也始终没有遭到其他文明的干预,战争就发生在两者之间。这种假设的不合理之处在于,五万年的时间里,广袤无边的庞大战场,必然会吸引银河系一批神级文明光临,随时就可以将两者作为虫子清理掉了。刘慈欣在《乡村教师》中描写的碳基文明、硅基文明也是打了两万年之久,因此也有读者将此处的"母边大战"类比为碳基、硅基文明的战争,换句话说,就是人类生命和智能生命之间的战争。但这种解释的问题则是,这样一来宇宙空间又是非常热闹的,跟"黑暗森林"理论相矛盾。

假设四:母世界与边缘世界的恒星系本体早已分别被对方毁灭,两者都成为在宇宙空间游荡的星际文明。如果是这种情况,两者还是不必不死不休,一方完全可以逃之夭夭。事实上,战争的发生,是因为双方产生了相似的认识和判断。战争是一种手段,是双方为了在共同争执的事物中获得更多利益而采取的手段。三体星系和太阳系之所以有战争,是因为两者都需要稳定的阳光、温度和水,是为了争夺恒星系,争夺生存空间。

现在,只有一种假设我们无法排除其可能性,并且也没有找到相互矛盾的事实了,那就是:战争根本没有打到五万年,在战争开始之后不久(比如一千年后)就结束了,母世界早已经被摧毁。

只是,这个消息被封锁了,只有长老等少数统治阶级知道,歌者不知道而已。

我们进一步寻找证据。

"你是不是听到什么了?"长老在歌者的思想体中翻找起来,让歌者一阵战栗。长老很快找到了歌者听到的传说,这也不是什么罪过,都是种子上公开的秘密。

是关于母世界与边缘世界的战争,以前不断有战报传来,后来就没有了,说明战事不顺利,甚至陷入危机。

从这段描述看,长老竭力在隐藏某种真相,并且很怕歌者知道。后来发现,歌者知道的是"战事不顺利",长老认为这是众所周知的,就没有采取任何措施。长老实际需要隐瞒的秘密是"战争早以失败告终",之所以收不到战报,是因为连编造战报的机构都已经被摧毁了。如果查到歌者认为母世界在五万年之前就已经不存在的信息,长老会立即从思想体中将之删除。

长老为何要隐瞒真相？因为长老还需要靠无所不能的母世界的权威来维持他的权威，并且还需要依靠"母世界还在战斗"这个想法来保持战士们作战和执行任务的信念。试想，如果所有人都知道母世界早已不存在，那么出发时预定的任务就毫无意义了。

"是不是母世界已经准备二向化了？"歌者问，但"长老没有回答"。歌者理解的是长老默认了，实际上长老根本不会回答。种子飞船出发时的任务是：使母世界和边缘世界的战火蔓延全宇宙，将所有文明都拖入战争之中。这样母世界才能在乱中生存，在乱中发展壮大，继而联合其他文明对抗边缘世界。也因此，歌者的任务就是四处挑起战火，只要发现有文明存在，就毁灭之。不论善意恶意，不论先进落后，一律毁灭。长老在漫长的时间里，执行着既定的战略计划，他认为，这种战略也将很好地隐蔽种子以及其他从母世界逃亡的飞船。

> 歌者启动了大眼睛的进程，他很少这么做，这是越权行为。
>
> "你干什么？大眼睛现在很忙。"种子的长老说。
>
> "有一个低熵世界，我想近些看看。"歌者回答。
>
> "你的工作，远远看一眼就足够了。"
>
> "只是好奇。"
>
> "大眼睛有更重要的目标要观测，没时间满足你的好奇，做你的事去吧。"
>
> ……
>
> "我需要一块二向箔，清理用。"歌者对长老说。
>
> "给。"长老立刻给了歌者一块。

歌者启动超级望远镜只是为了看清太阳系，但是长老却怕他会看母世界,因此立即制止了他。这时,歌者又提出要一个具有强大毁灭功能的武器,长老立即就给了。这个细节被很多读者做过各种解读,但是依据上述对于战争情况的分析,长老迅速地拿出了二向箔,只是为了掩饰对歌者启动大眼睛这个行为的一种紧张情绪罢了。

被人类虫子视为"神"的文明,不过是宇宙中几个无家可归的流浪儿童罢了。

"三体"结局之结局

阅读提示：小宇宙的性质，将最终决定大结局的面貌。

宇宙中既有万有引力，也有"万有斥力"（目前尚无科学证实）。斥力大于引力就是宇宙膨胀，反之就是宇宙坍缩。而引力、斥力的对决，取决于宇宙物质质量总和的多少。质量大，引力大，就走向黑洞式的坍缩，最终所有物质压缩汇聚于一点，接着再发生一次宇宙大爆炸，新宇宙诞生；反之，质量不足，斥力始终大于引力，于是宇宙无穷膨胀，行星离恒星无限远，一切星球都变成孤星，宇宙在冰冷之中死亡。这是一种流行的宇宙学理论，当然，是理论之一。

"三体"的大结局正是以宇宙膨胀 – 坍缩循环理论为背景展开的。程心和关一帆在小宇宙中，接到了来自归零者文明的超膜广播，要求他们归还小宇宙质量，从而增加大宇宙质量，使大宇宙免于无穷的膨胀。程、关二人按照广播的指示，归还了质量，来到了一个三级环境的世界中。

这是结局吗？显然不是结局。读者大多关心的是：宇宙到底是坍缩了，还是无穷膨胀而亡了。实际上,这件事已经无法影响到我们的程心了,她无论如何也无法活到新宇宙的诞生之日。

以下,我们将重新研究小宇宙的一些问题,并由此构造新的"大结局"。

1. 小宇宙的数量

三体世界在迈向太空的婴儿期,就制造了六百多个小宇宙,可见制造小宇宙技术难度不高,需要的资源也不多。由于小宇宙有"保命"的功能,必定会成为很多文明的必需品。而小宇宙一经造出,就永远不会死亡,其中的文明仅仅需要十年就可以等到新的宇宙大爆炸。

"现在,我们处于一个独立的时间线中,大宇宙的时间正在飞速流逝,你们肯定能够在有生之年等到它的末日。按照更具体的估算,大宇宙的坍缩将在十年内达到奇点状态。"

鉴于这些特殊的性质,可能有无数文明都会制造小宇宙,也许有的文明制造的小宇宙的体积相当于一个银河系的大小,也许我们现在的太阳系就是人家制造的小宇宙呢。所有文明制造的小宇宙数量,即便按照最保守估计,也是一个庞大的数量。

三体世界迈出星系五百年,制造出六百多个小宇宙。以此类推,我们可以保守认为,三体世界在一万年之后拥有六千个小宇宙,一亿年之后拥有六万个小宇宙,一百亿年后拥有六十万个小宇宙。没有任何证据表明三体文明对小宇宙有特别的嗜好,因此我们可以把六十万个小宇宙作为一个平均数来统计。既然超膜广播面向的文明已经有一百五十万种,两者相乘可以得到小宇宙的保守统计数量:九千亿个。

　　小宇宙如此之多,程心在小宇宙留下的几公斤的透明球实在微不足道。以此看来,程心可能毁灭宇宙便是个超低概率的事件,其概率低到万亿分之一。

　　按照设定,小宇宙的时间流逝十年,大宇宙就会迎来大坍缩。在小宇宙两年之后,智子称"大宇宙至少过去了上百亿年",我们保守估计为"一百二十亿年"。那么,时间对应关系就出来了:一年＝六十亿年。换言之,一个月约等于五亿年。而程、关决定走出小宇宙时,宇宙之门"在大宇宙中进行了上万次跳跃移动,这过程耗费了三个月,只有一次检测到一个三级环境,智子不得不承认,这就是最好的结果了"。

　　三个月,意味着大宇宙又过去了十五亿年之久。门是在大宇宙中,以光速进行搜索和跳跃检测,检测时间长达十五亿年才找到一个三级环境。可以想象的是,检测的空间范围,远远超过一百个银河系的区域。

　　这意味着,宇宙之中因为不断的战争与毁灭,适合生存的物理空间所剩无几,也许半个宇宙中,也只有这么一个硕果仅存的区域。

　　问题是,小宇宙有九千亿个。程心找不到合适的生存空间,对其他小宇宙的文明来说也是一样的。他们如果响应号召,回到大宇宙,也必然在整个宇宙搜索适合生存的空间,可能也就只能找到这唯一的一个三级环境空间。所以,几十亿年的搜索之后,也只能落在这里了。九千亿个文明,就算万分之一个文明响应号召离开了小宇宙,其中又有万分之一个文明选择了在这个星球进入大宇宙,那么其数量也是惊人的九千个。

　　也就是说,程心降临的这个三级环境将遍布各种宇宙文明,有的大神级文明可能把程心、关一帆当作蚂蚁,一个不小心就给踩死了。还有可能,星球文明早布好了各种陷阱,正等着程心这种高蛋白、高营养的食物到来。

　　顺便说一下"归零者文明"。由于超膜广播需要将相当于一个银河系的质量化为纯能,也就是说,归零者仅仅为了发布一个超膜广播,就不知一次性毁灭了多少文明。这种文明无论其毁灭他人的理由多么崇高,都是邪恶到家的。你去响应这种文明的号召,竟然还以为是在担负对宇宙的责任?

2. 小宇宙的时间

很多读者有个错觉,认为小宇宙的时间流速慢于大宇宙,因为小宇宙类似一艘以一万倍光速运动的宇宙飞船,因此比大宇宙时间流速慢。但实际上,小宇宙与大宇宙的时间是平行的,两者无相关关系。

……时间开始了。人类的语言中没有相应的词汇表达时间开始的时刻,说他们进入后时间开始了是不对的,"后"是一个时间概念,这里没有时间,也就没有先后。他们进入"后"的时间可以短于亿亿分之一秒,也可以长于亿亿年。

换言之,小大宇宙关系,就像你与电视剧的关系。你坐在电脑前,看一部电视剧跨越了一千八百万年的时间,而实际上你的时间仅仅过了十分钟;或者你花了十天时间看完了一部电视剧,而这部电视剧讲述的只是一天时间里所发生的故事。两者的时间流速完全独立,你可以让"宇宙电视剧"前进、后退、跳跃,而你的真实世界(小宇宙)的时间一分一秒地流淌,你会逐渐老去,不可逆转。

《三体Ⅲ·死神永生》谈到大宇宙时间过去几亿年时,都是用的"可能"而非肯定:

现在,他来自的大宇宙可能已经过去几亿年……

……这是一个宇宙文明的生死簿。现在,大宇宙可能已经过去上百亿年……

这"可能"是向前,也有"可能"是向后。

但是这种关系,程、关二人不知道,因为智子一直告诉他们,时间是急速地走向未来。而且从他们刚刚经历的光速飞船、黑域来看,都是内部一天、外部千年,他们在小宇宙中,也必然是这种感觉。也许智子(代表着三体世界迈入太空五百年后的技术水平)对这种时间平行关系也不甚明了,毕竟进入小宇宙哪怕十秒钟就出来,世界也已经过去了几千年。小宇宙制造之后,想要验证两者的时间关系,最早也是在三体世界发明小宇宙的几千年之后的事了。

宇宙之门对于生存空间的探索也许不止空间,还包括时间。就像你看电视剧,第一集与第一百集的任意位置,都可以由你随机地跳跃,看到哪段好看,就停在哪段观看。

于是,《三体Ⅲ·死神永生》的剧情可能变成另外一种走向。剧情为:

走出小宇宙的程心发现,他们找了几十亿年的所谓"三级环境",不是别的地方,而正是他俩刚刚在蓝星见面的那个地方、那个时间。这是两个人最早有共同经历的地方。知道云天明即将带着一个小宇宙前来,程心决定跟关一帆不再去探索,而是就在原地和艾 AA 一起等待云天明的到来。

云天明果然来了。程心又纠结了,跟云天明走吧,头脑里满满都是跟关一帆卿卿我我的情景;跟关一帆走吧,也太辜负云天明的期盼了。

——唉,这太狗血了。

那么,两人干脆换个时间,跳跃到程心当选执剑人的那一刻。此时,关一帆正在"万有引力号"上与"蓝色空间号"斗智斗勇,而程心知道"水滴"

已经攻入地球,即将摧毁全部引力波发射台,程心一咬牙,按下了发射器。可是于事无补,"水滴"按照既定计划摧毁了发射台,发现程心竟然没有按照预测扔掉威慑按钮。既然地球已无用处,六枚"水滴"直接穿过地球、火星、木星等有人类居住的行星。仅在瞬间,地球人口减员99%。

剩余的人类都认为是程心害他们遭遇报复,将程心用石头砸死,她甚至都来不及回小宇宙。

3. 小宇宙的限制

小宇宙与大宇宙相比,并非只是体积小一点,还有着一系列显著的差异。但与我们剧情相关的只有一个问题:在小宇宙里能否生育后代?

程、关二人在小宇宙里待了两年多,按照正常的节奏,程心早已怀孕生子。可是,程心一点反应都没有。这很直观地证明,在小宇宙中无法像正常人类一样去生活。

这一点,其实从逻辑上也可以推论出来。如果他们存在生理上的问题无法生育,他们完全可以借助三体世界的科技解决这个问题。要知道,三体文明的生物技术已经高度发达,不但可以制造出完全仿人化的智子,还可以仅凭云天明的大脑,就复原出和他一模一样的整个身体,癌症也顺手解决了。让智子帮忙解决一点不孕不育的问题,当然不在话下,何况没有任何证据表明程心无法生育。

反过来想,如果程、关可以生育,并且生育了小孩,又是什么情况呢?

第一,小孩一旦作为独立的生命出现,就会被小宇宙自动送回到大宇宙中去。原因很简单,这个小宇宙只设定了程、关两人的进入权限,其他任何生命都无法进入,新生婴儿也是一个新的生命体,小宇宙排斥他。

第二,假如新的生命能留在小宇宙中,就打破了小宇宙中原有的能量和生态平衡。多一个生命体，就会多出一人的能量消耗。如果程心生了一对双胞胎，能量消耗就会多两人。不要以为小孩个头小消耗的能量就少，这是你的错觉，小孩会成长，他所需要的物质数量一点不少于成年人。

第三，"宇宙社会学"的公理不但适用于大宇宙，也应当适用于小宇宙，其公理是"文明不断增长和扩张，但宇宙中的物质总量保持不变"，只要文明扩张（人数增长）而宇宙物质总量不变，其后果将是文明的自相残杀，没有任何人愿意看到这一点。

综上所述，我们可以得出结论，小宇宙必定设计了"绝育"机制，以避免自身的崩溃。

对于上述"计划生育"措施，关一帆最初可能不知道，之后两年发现程心肚子一点变化都没有，仔细一研究就能知道真相，只是有苦难言。毕竟，即便是计划生育，也不过"一对夫妇生育一个孩子"，到了他们却要求"一对夫妇不生育孩子"了。

关一帆决心改变现状。

直到几天前他还对程心说，如果他们真能在新宇宙中安定地生活，也许他们的孩子能够重建人类种族。但后来，他好像突然发现了什么，常常一个人长时间沉思，有时还在终端窗口计算着什么。

这里讲他的突然发现，就是指他们在小宇宙里无法生育孩子。

进入小宇宙时，程心已经35岁，两年后37岁，此时怀孕已经是高龄孕妇。而等到下一个宇宙轮回，按照智子的说法还需要八年。八年之后，别说程心，连关一帆都已经过了正常生育年龄了，两人在新宇宙里哪儿来的孩子？

关一帆需要找一个更为充分的理由，说服自己，也说服程心，一起离开小宇宙。因此,他开始一个人努力研究三体文明留下的科技,然后他宣称,小宇宙会造成大宇宙质量流失,并导致宇宙无法坍缩。

"得出"结论后,关一帆找来智子证实。智子说:

> "宇宙文明中有一种智慧文明的群体,很像归零者,叫作回归运动,他们力图制止小宇宙的建造,并且呼吁把已经建成的小宇宙中的质量归还给大宇宙。"

要知道,智子一直在小宇宙里,她的科技与视野,都仍然停留在三体迈向太空之初。对于"归零者",她现在知道,那就证明在小宇宙建造之时她就知道。既然智子知道,证明一百亿年前的三体世界也知道。既然三体世界知道,那就表明归零者文明在小宇宙建造之时就开始发广播,要求停止建造宇宙。在大宇宙这个更加黑暗的森林里,神级文明没有理由既让你知道它,又容忍你破坏它的计划。

关一帆刚刚提出小宇宙造成的质量流失会导致宇宙无法重生的问题,智子就说她收到了归零者发布的超膜广播,这个时间未免过于巧合。

结合上述分析,我们认为,上述超膜广播实际上一直都在,只是智子屏蔽了而已。一直到关一帆需要找个理由的时候,才让智子将广播内容给调取出来。

程心作为世界上唯一的女人,延续人类也可能成为她的使命。

> "我的一生,就是在攀登一道责任的阶梯。"

程心义无反顾地追随关一帆来到了新的世界。

我们可以设想,借助三体和人类两个文明现存的全部科技力量和物质力量,程心、关一帆两个人类仅存的硕果,一边生育后代,一边开始对整个星球环境进行改造。利用星球的现有资源和三体文明发达的科学技术,两个造物主将星球改造得如同地球家园。

在大宇宙中,有无尽的资源可供两人繁衍后代。在可以控制基因的世界,近亲结婚不是问题,近亲结婚的问题是缺陷基因会遗传到下一代,而发达的基因技术却可以剔除问题基因。如果愿意,两人甚至可以直接制造一个工厂,将"人"批量地克隆出来,每个人只需要改一个DNA的字母排列顺序,就可以保持人群的多样化。

只有超规模的人口数量,才有可能发展出更为发达的、纵横宇宙的科学技术。当人口繁衍到一定的数量时,必定会迈出星系,向更深远的空间探索,而更多的探索和更为庞大的资源,将带来更加快速的科技发展,这是呈正相关的。

也只有如此,程心、关一帆才可能让他们的后代在坍缩之后的新宇宙,重建人类种族,重拾太阳系人类的全部记忆。